安乐侦探

［日］
小林泰三 著

曹逸冰 译

目录
CONTENTS

001 第一集
私生粉

041 第二集
消除法

089 第三集
减肥

127 第四集
食材

167 第五集
生命之轻

207 第六集
莫里亚蒂

第一集 私生粉[1]

[1] 对偶像的私生活过度关心,喜欢跟踪偶像的粉丝。

第一集　私生粉

"真是太阳打西边出来了……"老师喃喃道。他许是闲着无聊,正用指尖转没点燃的香烟。

"怎么了?"我在不远处用平板电脑写着东西。

"没怎么,所以才稀罕。"

我沉思片刻。"您的意思是,换作平时,应该已经有什么事发生了……"

"解说就不必了,反正你的解说不过是换一种说法罢了。听到你把我说的每一句话都改成另一种说法,我只觉得自己仿佛变成了傻瓜。"

"听到您这么说,我倒觉得您把我当成了傻瓜。"

"这话从何说起?"

"我感觉您是在绕着弯子指出,您说的话对我来说实在太难懂了,不改成简单一些的说法,我就理解不了。"

"你理解不了我说的话?"

"是的。"

"少胡说了。"

"您为什么觉得我在胡说呢?"

"因为明明是你把我的话替换成了更简单的说法啊。"

"是啊,没错。"

"那就意味着你本就听懂了我说的话。这和'不懂英语的人没法把英语翻译成日语'是一个道理。"

"哦!这倒是,但是对我而言,您说的话比较费解,或是在勉强可以理解的范畴。"

"你是说,我的用词恰好位于你思维能力的极限?嗯,这很罕见,却也不是全然不可能。我还是先别否定为好。"

"这就导致了我的理解是不够充分的。所以我才会用自己的方式把您说的话替换成简明易懂的说法,好跟您确认自己的理解是否正确。"

"这种行为有什么意义?"

"有助于加深我的理解。"

"我问的是这种行为'对我'有什么意义。我是你的语文老师吗?"

"不是,我从没有这么想过。"

"那为什么要跟我确认呢?这意味着你每次跟我确认,我都得给出'对'或'错'的回答。"

"是啊。"

"'对'的时候也就罢了。'错'的时候,你肯定会追问'怎么就错了'。"

"确实。"

"这样的对话对我来说是非常痛苦的。"

"这我倒是没注意。顺便问一下,您为什么会觉得痛苦呢?"

"瞧瞧,说来就来。这意味着我不得不为了你,把自己说过的话翻译成你可以理解的说法啊!"

"也是。"

"这就是痛苦的源头。"

"可是不经过这一道工序,我就无法理解您说的话,所以这也是没有办法的事情。"

"那我问你,你会因为听不懂外国人说的话,就让外国人把每一句话都翻译成日语吗?"

"不会。"

"那怎么办?"

"要么自己学,要么请翻译。"

"既然如此,这一次你也可以自己学啊!"

"我学不了。"

"怎么会学不了呢?"

"因为世上有的是懂外语的人,我可以请教他们,也可以通过他们写的书学习。可是通晓您的思维方式的人只有您一个。因此要想学习您的思维,您的指导就是必不可少的。请翻译这条路也一样行不通。因为除了您,没人能翻译您的思维。"

"那我就要提一个直击本质的问题了。我为什么非要协助你理解我的思维不可?"

"答案很简单。如果我理解不了您的思维,我在这里的工作就失去了意义……"

就在这时,门铃响了。

"看来是有委托人上门了。"老师的双眼燃起狂喜的光芒。可不知为何,他没有要从椅子上起身的意思,而是把门口摄像头的画面切到了屏幕上。

访客的个子相当高,摄像头只拍到了下半张脸。

"从着装看,好像是位女士。"老师看着屏幕说道。

"个子好高呀!"

"这样的身高在女士中颇为少见。"

"有什么问题吗?"

"不，没什么。请委托人进来吧。"

开门望去，高个子的委托人就站在门外。

一看到对方的模样，我便瞠目结舌。

"您好，我叫富士唯香。"

我惊得说不出话来。

老师仍坐在椅子上，用一如往常的随意口吻打了招呼。

"恕我冒昧，没有提前预约就突然来访……我也不想的，可是要预约的话，就得透露我的身份了……"唯香说道，"啊，我当然不是在怀疑您。我知道您是一位优秀的侦探。只是我怕联系您的时候会有第三者介入，不敢冒这个险。要是有第三者泄露了我的委托，他就有可能听到风声。到时候，天知道他一气之下会干出什么事情来！"

"哦，他？您的困扰与一个男人有关？"

"嗯，我没有夸大其词，他确实是一个完全无法用常理评判的人。"

"那就请您先讲讲事情的来龙去脉吧。您介意坐到那边去吗？"

委托人大步流星地横穿过事务所，坐在沙发上。

"呃……我该从哪里说起呢？"

"您第一次和他接触是在什么时候？"

安乐侦探

"他是这几个月才开始变本加厉的,但我第一次接触他已经是好几年前的事了。嗯……几乎可以追溯到我刚出道的时候。"

"那就从当时的情况说起吧。"

"好的,"委托人开始了叙述,"当偶像并不是我的初衷。上初中的时候,我抱着试一试的心态参加了时装模特的试镜,结果第一次去就入选了。很多人是亲朋好友自顾自帮他们递的申请,但我不属于这种情况,参加试镜是我自己的决定。许多入选的女生已经有经纪约了,但我在那之前是一个彻头彻尾的圈外人,没有多想就签了试镜主办方介绍的经纪公司。

"我甚至没有跟父母提前说过试镜的事情,所以家里刚开始是有些反对的。父母大概是觉得我被骗了,以为我碰到了那种常见的街头星探,激动得忘乎所以了。我耐心解释了很久,说我自己主动参加了一家著名出版社旗下的杂志的试镜,经纪公司就是试镜的主办方介绍的,那家公司签了很多明星,好不容易才说服了他们。

"即便如此,他们好像还是不敢完全相信我,甚至陪着我一起来了东京,去经纪公司看了一圈才松了口气,回家去了。

"啊……我在很多杂志和电视节目上说过当时的事情,基本都是真的。"

"你听说过这些事吗?"老师向我求证。

"嗯,挺多人知道的。"

"哦……啊,抱歉,因为我不太熟悉娱乐圈,所以才多问一句,您千万别介意。请继续往下说吧。"

"我很快就作为时尚杂志的模特闪亮出道了。

"出道没多久,我就收到了粉丝来信。因为那本杂志是面向初高中女生的,来信的粉丝也大多是那个年龄段的女生,不过男性粉丝的来信也不少。据说这种情况是比较反常的,以至经纪公司决定重新研究一下我的发展路线。

"话说在那些粉丝来信中,有一封特别不寻常。信封是乌黑的,乍一看像是经纪公司的地址和'富士唯香'这几个字隐约浮现在黑色的背景中。起初,我还以为那些字是用白色的墨水打印在了本就是黑色的信封上。可我总觉得哪里不对,仔细一看才发现,信封并不是纯粹的黑色。从严格意义上讲,它是深灰色的,而不是黑色的,还散布着芝麻似的白点。

"我忽然产生了好奇心,便用放大镜仔细观察了信封的表面。

"原来那信封压根就不是黑色的,上面写满了比米粒还小的字。

"对方似乎是在对我倾诉衷肠,但文字挤在一起难以分辨,句子也不通顺,几乎无法理解。起笔的地方写的还是赞美我的话,可写着写着,就变成了对我不予回应的怨恨,然后变成了极具攻击性的贬低，最后则是对我的诅咒。

"最可怕的是，那不是经年累月的缓慢变化。那些句子都写在一个信封上。换句话说，妄想在他往信封上写字的同时不断加深，在他的脑海中塑造出了我与他之间的消极关系。"

"您为什么觉得寄信的是个男人？"老师一边做记录，一边提问。

"一看信封里的东西就知道了。"

"信封里的东西？里面装了什么？"

"若干张照片，是男人的照片。当然，我不敢确定照片里的人就是寄信的人，但他不是寄信人的可能性几乎为零。因为那些照片太诡异了，怎么看都只可能是专门为了寄给我而拍摄的。"

"如何诡异？"

"这就是信封里的照片。"委托人将几张照片摆在桌上。

"啊！"我不禁发出惊呼。

照片的主角是一个中年男人，而且是一个绝对称不上好看的男人。他很高，但体形肥胖，头发更是少得可怜。耳朵上方仅剩的头发留得很长，被梳到了头顶上。更令人惊讶的是，他穿着女人的衣服，而且是十多岁的女生爱穿的那种。仔细一看，他还化了那个年龄段的女生爱化的妆，表情和姿势也明显是特意摆出来的。

第一集　私生粉

"这些照片真是太可怕了。"

"可怕？"老师看着照片说道。他的肩膀瑟瑟发抖，应该是拼命憋笑所致。"这些照片确实令人不适，但我的第一反应是觉得滑稽而非恐惧。"

"可我确确实实被吓到了。"

"为什么？"

"您看这本杂志，"委托人又从包里掏出一本杂志，"当时我的照片就登在这本杂志上，就是这几张。您发现问题在哪儿了吗？"

照片中的男人摆出了与杂志上的富士唯香相同的姿势和表情（不过他只能算东施效颦，看起来根本不像同一种表情）。妆容糟糕得一塌糊涂，但确实能看出他是在模仿唯香。身上的服饰也很不协调，却与唯香的着装有着相同的配色。男人所穿的衣服似乎不是现成的，而是手工缝制的。袖子的长度左右不一，整体显得歪歪扭扭。好几块布缝在一起的痕迹也颇为明显。恐怕他是用各种布料拼凑出了这样一身衣服。尽管成品和唯香的服装完全不同，却不难看出他努力想要接近的态度。

"信封里只有这些照片吗？"

"对。信封外面写满了字，里面却只有照片。而且照片还散发着一股难以言喻的恶臭。"

"那么您看到照片之后做了什么？"

安乐侦探

"我告诉经纪人,有一封奇怪的信混进了粉丝来信里。"

"经纪人是怎么说的?"

"起初他还笑话我说,当红的艺人总免不了有疯狂的粉丝纠缠。可是一看到我拿出来的信封和照片,他的脸色就立即变得严肃了。

"'我见过各种各样的粉丝来信,可是诡异成这样的实在少见。'经纪人沉吟道。

"'会不会是精心策划的恶作剧啊?'

"'瞧瞧这信封,谁会为了一个恶作剧写这么多字啊。没有满腔的激情是绝对做不到的。而且如果真是恶作剧,对方也不会把拍到清晰正脸的照片寄过来。毕竟只要有面部照片和笔迹,就可以锁定身份,一个不凑巧可是要蹲大牢的,没有人会为了一个恶作剧冒这种险。'

"'您的意思是……'

"'对方是跟你来真的。'

"'什么来真的?'

"'我是说,他是个货真价实的疯子。不知道他是压根没想过自己可能被抓,还是认为被抓了也无所谓,但他显然不在乎。不过嘛,他也许是没有恶意的。'

"'是吗……那就好。'

第一集 私生粉

"'不。没有恶意的人才最可怕,图钱的、找乐子的反而翻不了天。因为后者会算账,基本上不会去犯划不来的罪。他们之中确实有人为了钱犯下了不合算的罪行,但那只是愚蠢的极少数罢了。在自家附近的便利店顺手牵羊的初中生就是个典型。比蠢货更可怕的是那些出于纯粹的恶意而犯罪的人。他们是热衷于困扰人的罪犯,尽管没有人从中受益,包括他们自己。他们与愉悦犯有相似之处,但他们没有兴趣在世间掀起骚动。只要能看到别人受罪,或者想象有人在受罪,他们就很开心。在路上撒毒狗粮,看到孩子在公园里玩耍,就用高尔夫球杆打人家的头……这些人就属于这一类。而最可怕的是那些明明没有恶意却依然犯下罪行的人。因为他们真的没有负罪感,所以犯罪时不会受到良心的谴责。他们做出违法行为的原因可能是被害妄想,也可能是善意。比如,他们认定某个人想死,心想应该帮他一把,或者认定某个女人喜欢自己,但似乎不敢说出口,于是认为应该发动强势的追求。社会上确实存在这种完全基于误会行事的人。而且我认为,寄这封信的人极有可能是这种没有恶意的罪犯。至少,这个信封和照片散发着一股善意罪犯的气味。'

"'确实有股怪味……'

"'这是哪种怪味啊?闻着像有机物……'

"'有机物?'

"'比如动物的排泄物、腐败的肉……'

"我皱起眉头:'要不要报警啊?'

"'不好说。毕竟艺人收到奇奇怪怪的粉丝来信是司空见惯的事。'

"'可您不是说那封信很诡异吗?'

"'诡异是诡异,但你还没有遭受什么实际的损害啊。'

"'损害当然是有的。拜那封信所赐,我现在非常害怕,焦虑得不行。'

"'天知道警方认不认可……算了,姑且帮你咨询一下吧。'

"那天的对话到此结束。"

"经纪人是演艺行业的专家,您为什么不相信他的话呢?当然,我们也很乐意开展调查。"

"因为还有下文,"委托人继续说道,"几周后,我突然想起了这件事,便找经纪人问了问。他说他咨询过了,但警方表示无法立刻采取行动。如果我确实受到了跟踪骚扰,或者收到了性质明确的威胁信,到时候再报警就行了,警方会即刻立案。我觉得等出了事再报警就太迟了,可话虽如此,警方也不可能安排人手保护每一个艺人,这也是没有办法的事情。

"过了一阵子,经纪公司决定让我在写真偶像界出道。正如我之前所说,我当时明明在面向少女的时尚杂志当模特,却收到了不少来自男性粉丝的信,所以经纪公司调整了营销计划。当然,公司也不是让我完全转型成写真偶像,而是模特偶像两手抓。您可能会觉得不可思议,但我听说最近走这种路线的艺人是越来越多了。

"我的心情有些复杂。不仅有女生喜欢我,还有男性粉丝喜欢我,这固然令我高兴,但是为面向男性的杂志拍写真,就意味着会有更多的男人看到我。而且这类写真的着装也更加暴露,跟时尚杂志不太一样。尽管世上的大多数男人是善良的,可基数越大,变态的数量肯定就越多。

"我再次向经纪人表达了自己的焦虑。

"可经纪人说:'我很理解你的担忧。针对艺人的案件确实时有发生。持刀男子突然闯入签名会场也是完全有可能的。'

"'是吧……'我吓得脸色煞白。

"'可你能不能把这当成一种风险呢?'

"'风险?'

"'没有风险就不会有回报。低风险、高回报就是痴人说梦。要么脚踏实地、稳稳当当赚小钱,要么接受一定的风险赚大钱。就这两个选项,你选哪个?'

"我不知该如何作答。我确实想在娱乐圈取得成功,却又不愿意为此卷入犯罪事件。

安乐侦探

"'咦,这都要犹豫啊?'经纪人沮丧地说道,'当然,选哪个是你的自由,但你当初不是自己主动去参加的模特试镜吗?'

"'话是这样说没错,但写真偶像并不是……'

"'你是说,你想当模特,但不想做写真偶像,哪怕机会就在你面前也不想做?'

"'我不是这个意思……'

"'你知道有多少想当明星的人能有幸得到这样的机会?当然,你完全可以坐视机会与自己擦肩而过。这是你的自由。但你要想在这个世界出人头地,就不能脚踏实地慢慢往上爬。不扑上去抓住这样的机会,你就永远都成功不了。而且这种机会必然伴随着风险。这个道理也不仅仅适用于娱乐圈。要想把生意做大做强,就不能一直摆摊,总得在某个阶段贷款开店的。上班族也一样。如果你想出人头地,当公司的一把手,就必须做一些有风险的项目。理财也不例外,光存定期是成不了百万富翁的,总有一天得豪赌一场——要么投资股票,要么炒外汇或债券。对你来说,现在就是该搏一把的时候。实话告诉你吧,风险确实是有的。我们会尽一切努力保护你,但保护不可能是滴水不漏的,我也不想在这方面蒙骗你。再者,就算你进军写真偶像界,取得了成功,到头来也有可能因为丑闻栽跟头。再小心也没用,丑闻来的时候你挡也挡不住。哪怕你是无辜的,胡编乱造的报道也有可能登上各路媒体,因为嫉妒的暗流无时无刻不在这个世界涌动。'说到这里,经纪人停顿片刻,'当然,娱乐圈也有不冒风险的路可走,就跟那些一辈子当基层员工的上班族一样。好比战队表演的主持人小姐——她们也是如假包换的艺人。一直在电视剧组跑龙套也是个法子。运气好的话,你的脸甚至能在画面角落出现一两秒钟。经济上的回报少得甚至可以忽略不计,但你确实能得到满足感,毕竟上了电视。但我不认为这是你想走的路。所以,给我一个答案吧,做不做写真偶像?'

"这个问题太刁钻了。想在娱乐圈发展的人怎么可能对这样一个问题说'不'呢?于是我就以写真偶像的身份出道了。

"不出所料,市场反响非常热烈。粉丝来信的数量飙升了一位数,每天都能收到满满一箱,简直难以置信。异性粉丝确实和同性粉丝不太一样。也许是受了性欲的影响,也许是被超越理性的冲动所驱使,他们的信往往充满激情,甚至有些不符合常规。当然,他们中的大多数还是有良知的。

"然后,我就在粉丝来信里发现了那人寄来的信。"

"相较之前的信,有什么变化吗?"老师探出身子问道。

"有相同的地方,也有不同的地方。信封乍看还是黑的,写满了密密麻麻的字。我几乎无法理解那些字句的意思,但能看出对方似乎非常生气。他好像不能容忍我的照片出现在写真杂志上,翻来覆去地说我'堕落了''变脏了'等等。在他的心目中，我似乎成了他的女友或姐妹，他无法忍受我继续待在娱乐圈。

"我害怕极了，甚至不想打开信封，想直接扔掉。可我又对里面的东西非常好奇，还是忍不住打开了。信封里装了足足几十张照片。就是这些……"委托人拿出另一沓照片。

照片的主角都是同一个男人。和上一沓照片一样，它们是唯香的照片的劣质"翻版"。只不过题材是性感写真，所以不少照片的姿势和表情都比较撩人，那个男人还穿着暴露的吊带衫和女式泳装。十几岁的姑娘该穿的服装、该有的姿势和表情出现在了一个中年男人身上，这样的画面已然超出了"诡异"的范畴，用"怪诞"来形容还差不多。再加上那人没有脱过毛，所以那些照片直让人作呕。

"我愣了好一会儿，然后莫名其妙哭了。大概是因为那人的疯狂实在太可怕了。

"我叫来经纪人，给他看了信封和照片，恳求他帮我报警。

"'这些东西确实吓人，'经纪人起初也是哑口无言，过了一会儿才说，'但内容和上次的差不多，没有明显地变本加厉，所以我不确定警方会不会采取行动……'

"'但这些照片明显是照着我的照片拍的啊！这还不足以认定对方是在威胁我吗？'

第一集　私生粉

"'问题是能否从这些照片中读出明确的意图。要是警方认为这只是你的狂热粉丝在模仿你,我们也无法反驳啊。'

"'我哪儿知道这些照片是什么意思!还有信封上的那些话,也是不折不扣的威胁啊!'

"'对方也没说要伤害你啊,只是写出了他的各种妄想罢了。'

"'我怕的就是他的妄想!'

"'我们没法用他有妄想这一事实来对付他。恰恰相反,万一他以后真闹出了什么事情,这件事反而会变成有利于他的证据。'

"'那我该怎么办啊?'

"'当作没看见。'

"'怎么能当作没看见呢!'

"'准确地说,是假装没看见,耐心等待。'

"'等什么?'

"'等他犯事。恐吓、盗窃、强奸未遂——只要他犯了事,就能逮捕他了。'

"'让我等他干出这么可怕的事情来?你是不是疯了!!'

"'不,疯的是他。我知道你很害怕,但眼下除了等待别无他法。'

"'要是事情发展到了无法挽回的地步怎么办?'

"'要不你照我上次说的,搬来跟我一起住?'经纪人朝我靠了过来。

"我移开视线,往后靠了靠。

"'呵,我开玩笑的啦,'经纪人用扫兴的口吻说道,'需要出门的时候,我或公司的其他人会上门接你的,在拍摄现场也绝不会让你落单。这栋公寓的安保系统非常牢靠,应该不会出事的。'

"'你敢保证绝对不会出事吗?'

"'你要是纠结这个,哪怕退了圈也没法安心过日子了。就算你变成了圈外人,也不能保证他会对你失去兴趣。而且你要是离开了经纪公司,我们就没法保护你了。你觉得这样才更安全吗?'

"经纪人说的确实有几分道理。只要我还是一个有价值的艺人,经纪公司就会保护我。可我要是失去了这种价值,就不值得他们保护了。如果那个变态也能同时对我失去兴趣就好了,但没人保证得了。

"经过深思熟虑,我决定接受经纪人的建议,静观其变。

"拍摄写真的工作源源不断。作为一个圈内人,我由衷感谢这些难得的机会。而每次有新的照片发布,那人都会发来他拍摄的翻版照片。信封上的文字依然难以理解,但我能看出他很愤怒。只是我并不清楚他在为什么事情生气。不过经纪人和我得出了基本一致的结论:他恐怕无法容忍我把工作重心从时装模特转移到写真偶像上。"

第一集 私生粉

"您能想象出他为何对您如此痴迷吗?"老师问道。

"嗯,当然这只是我的推测,"委托人继续说道,"艺人的粉丝原则上无法与艺人本人直接交流。因此,粉丝们所看到的并不是艺人本身,而是一个被精心打造出来的幻影。大家总觉得综艺明星'本色出演'的成分相对多一些,但他们的形象其实也建立在一定的设计规划上。如果是很少上综艺的演员,就更难看清他们的本性了,因为他们戴着影视剧角色的面具。时装模特和写真偶像就更不用说了,粉丝几乎没听过他们的声音,他们在粉丝心目中的形象完全是由静态照片构成的,于是每个粉丝心里都会形成一个与实际情况完全不同的艺人形象。这个问题已经属于个人内在体验的范畴了,连我都无法知晓自己在粉丝心中是什么模样。

"只做模特的时候,我在他心里肯定是最理想的女人。大概因为这个女人从不会去讨好男人,也不会打扮得很性感。谁知从某天起,我开始以写真偶像的身份发表照片,想方设法让自己对男人更有吸引力。当然,两者都不是真正的我。我只是在做生意,只是在向客户提供他们想要的东西。但他显然区分不了,觉得我堕落了,要么就是他被我骗了。换句话说,如果我原来是清纯的模特,现在却变成了性感诱人的写真偶像,那就是我堕落了;如果我本就是性感诱人的,却假装清纯,那就意味着我欺骗了他。无论怎样,这个事实对他来说都是无法接受的,所以他才会如此愤怒。可即便如此，还是有一些说不通的地方。"

"比如？"

"他模仿我拍照的理由。起初我还以为他是在讽刺我摆出性感的姿势。可如果是这样，就无法解释他为什么要模仿我早期拍的时装模特照片了。

"我只能猜出他应该是想通过模仿我表达某种意思，却想象不出他到底想表达什么。"

"我明白您的意思了。请继续。"

"后来，写真偶像那边的工作越来越忙了。有时候我甚至要在同一天为不同的杂志拍摄，忙得不可开交。

"而令人惊奇的是，那人也以完全相同的速度进行着自己的拍摄，还把照片不断地寄送给我。

"'信似乎是在杂志上市当天的上午寄出来的，'把粉丝来信送来给我的经纪人看着邮戳感慨道，'他应该是一早就买了杂志，对着上面的照片准备衣服，化上同样的妆，找个类似的地方自拍，这可不是一般人干得出来的事啊。'

"'真是这样吗？'

"'什么意思？'

"'我的照片会不会在杂志上市前就已经泄露出去了？否则他怎么可能这么快就拍出翻版呢？'

第一集 私生粉

"'不,只用几个小时准备也是有可能拍出来的,'经纪人摸了摸下巴,看着照片说道,'他肯定是提前准备好了几套衣服,视情况选出最合适的。只要颜色差不多,看照片的人就会觉得像。而且看照片的时候,视线很容易被大叔的面部吸引,所以没人会仔细观察他的服装。拍摄地点也一样。他大概知道几处能用来拍写真的地方,专程过去拍摄。公园、酒店房间、山林、河岸、海滩、游泳池、闹市区……只要挑一处进行拍摄,就能拍出印象相似的照片。对比一下你的这张照片和大叔的这张照片就一清二楚了。它们乍一看确实很像,但那是因为你把注意力集中在了大叔的比基尼和他头顶的条形码[1]上。你的比基尼是红底水蓝色竖条纹,而大叔穿的是红底黄点。口红用的是差不多的色系,但色号并不一样。另外,你照片的背景是关岛的海岸,但他的照片应该是在日本的某条河或某座池塘边上拍的。也许水的颜色原本是棕色的,但他用图像编辑软件改成了蓝色。整体构图很像,但每个细节都完全不同。'

"听经纪人这么一分析,我也觉得那些照片是匆忙赶制的了。

"'不过哪怕是匆忙赶制的,那也相当厉害啊,'经纪人说道,'靠一己之力做成这样肯定很难。'

"'他会不会有同伙啊?'

---

[1] 有些谢顶的人会把两侧较长的头发梳到头顶遮住头皮,形似条形码。

"'天知道。不过要是有的话,对我们来说也许是个好消息。'

"'敌人不止一个怎么会是好消息呢?'

"'你听说过跟别人合作的变态吗?'

"我摇了摇头。

"'因为每个变态的口味都不一样。正常人都是相似的,但变态的不正常之处因人而异,没法相互理解。所以他们不会有同伙。有能力拍出这种照片的变态足有两个,而且还相互认识,这种事情发生的概率怕是低得可怜。'

"'也许吧,可这为什么算好消息呢?'

"'因为如果这件事有不止一个人参与,那就说明对方不是来真的,而是在搞恶作剧。能组建起一支团队,也说明对方还是比较正常的人。这位大叔可能只是因为惩罚游戏什么的才被迫当了模特。'

"'真的吗?那我是不是可以放心了?'

"'可惜对方不止一个人的可能性很低。哪怕是整蛊,也早就该告诉你实情了。这人寄信给你已经有一年多了。要真是恶作剧,对方也早该玩腻了。'

"'你是说,我还会一直收到这样的照片?'

"'恐怕是的。'

"'就不能让警方尽快抓住他吗……'

"'我都说了,他翻来覆去就只做这一件事,警方大概是没法

抓人的。我们只能等他变本加厉……'

"'如果他今后也只是寄这种照片给我,岂不是永远都没法指望警察抓他了?'

"'嗯,差不多吧。'

"'你之前明明不是这么说的,你骗我!!'

"'我没骗你啊。'

"'你明明说过,要是他做出了犯罪行为,就会帮我报警的!'

"'我不是说了吗,这种程度的行为算不上犯罪啊。'

"'那他要是继续寄照片给我,我要怎么办啊?'

"'不怎么办啊。就几张照片而已,能出什么事啊。又没有实际损失,还能看到大叔的搞笑照片,不是挺合算的嘛。'经纪人傻笑了几声。

"直到此刻,我才意识到经纪人根本就没打算认真处理这个问题。也许他只是想息事宁人,免得惹上麻烦。

"'我不会再求你了!把这段时间的工作都推了!'

"'你知不知道自己正处于职业生涯的关键时期啊?'

"'别烦我!与其被恶心的变态纠缠,我还不如不当偶像了!不要再拿粉丝信给我了!!'

"经纪人就这么走了,大概是被我的气势吓到了。

"第二天,他给我打了电话,但我没接。他还上门找我,我也没理。

"他威胁我说，如果我取消工作，好不容易建立起来的一切就都会土崩瓦解，但我还是没理他。

"起初，经纪人每天都要给我打好几次电话，但没过多久就变成了每天一次，两天一次，每周一次……过了半年就变成了每月一次，而且说的都是些例行公事。我还是不理不睬。不知不觉中，他就不再给我打电话了。

"正如二位所知。周刊杂志上有很多关于我的臆测，有的说我是'消失的偶像'，有的说我在工作中犯了错误，所以被公司雪藏了，但我都没放在心上。

"直到我收到那封信。

"一天，我打开信箱，看到了那个信封。

"起初我还以为是经纪人故意把那人的信转寄过来恶心我，可信封上的收信人地址分明是那人的笔迹。

"他知道我住在哪里！

"我害怕极了，几乎无法呼吸。"

"容我确认一下，"老师说道，"您的住址应该是不公开的吧？"

"是的。"

"也没人发到网上？"

"据我所知是没有的。"

"都有哪些人知道您的住址?"

"经纪公司的人只要有心查的话,应该就能查到。我老家的家里人也知道。"

"我是不是可以认为,您的密友与男朋友也知道?"

"不,我没有那么亲密的朋友,也没有交男朋友。而且经纪公司三令五申,严禁我把住址告诉公司以外的人。"

"记者会不会知道呢?"

"这我就不清楚了。但记者就算知道也不会泄露出去的,这是不成文的行规。"

"好,请继续。"

"总之,我回到房间,给经纪人打了电话。

"'喂,我是富士唯香。'

"'呵……'经纪人听起来很不高兴,'有何贵干啊?'

"'出大麻烦了。'

"'遇上大麻烦的是我们好不好,都怪你……'

"'对不起,我也有责任。'

"'也?你知道自己干了什么吗?'

"'我为我说过的话道歉,但我现在需要你的帮助,你能不能尽快来我家一趟!'

"'我很忙的,每次你收到信都得去你家报到,我可吃不消。'

"他单方面挂了电话。

"我本想再打过去,但还是决定先检查一下信封。

"除了收信人的姓名地址,信封和之前的一样,写满了难懂的句子,说我背叛了他,等等。

"换句话说,他似乎在怨恨我突然停止偶像活动。他不乐意我从模特转型为偶像,也不乐意我不当偶像,根本不讲道理。

"打开信封,倒过来晃一晃,几张照片掉了出来。

"我已经很久没拍过写真了,他会寄来什么样的照片呢?在拿起照片的那一刻,我的脸上顿时就没了血色。

"那些照片模仿的并不是我发表在杂志上的写真,而是我前一天的一举一动。只是在照片里,他用自己替换了我。

"男人走出公寓的照片。

"男人去附近的购物中心买食品的照片。

"男人在同一座购物中心买杂志的照片。

"男人在咖啡厅喝咖啡的照片。

"男人回公寓的照片。"

"且慢,这些照片的拍摄地点确实是您去过的地方?"

"是的。"

"也就是说,那个男人在您家附近进行了拍摄?"

"没错。他在我家附近徘徊,找准了公寓的入口,监视我的一举一动。

"我感到了一股强烈的寒意,连忙走到窗前,拉上了全部的窗帘,然后透过窗帘的缝隙向外张望。

"我住在高层公寓的低楼层。要想窥视室内的情况,必须从附近的高层公寓俯视。我不敢保证他绝对不会在附近的公寓租一套房,只能一整天都拉着窗帘。

"两天后,我出门买了一趟东西。如果可以的话,我也不想出去,但我不可能一直不采购。于是我在家门口打了一辆出租车,去了一家很远的购物中心,小心翼翼地买了一堆东西,这样就暂时不用再出门了。逛了几个小时之后,我打车回了家。

"只见信箱里有一个信封。上面都没有姓名地址了。它一定是被直接塞进信箱的。

"我环视四周,没看到一个可疑的人影。可我还是不敢大意,一路小跑上了电梯,回到家里。

"打开信封一看——

"在家吃饭的男人。

"悠闲看着电视的男人。

"笑着打电话的男人。

"透过窗帘缝隙向外窥视的男人。

"洗完澡光着身子吹头发的男人。

安乐侦探

"我恶心坏了。因为这都是我前一天做过的事。而且拍摄地点显然就是这个房间。我无力地瘫坐在地上。"

"照片是在和您家相似的另一个房间里拍摄的,还是在您家拍摄的?拍摄地点是一个非常关键的问题。如果是前一种情况,那就意味着有人在用望远镜或隐形摄像头监视您;如果是后一种情况,就说明罪犯不仅在监视您,还闯入了您家。"

"就是在我家拍的。照片拍到了在日本很难买到的家具摆设,连墙上的细小污点都完全吻合。

"他进过我家。而且他十有八九正在用窃听器、隐形摄像头之类的东西监视我。

"焦虑汹涌而来。如果他此时此刻还藏在我家里怎么办?我想起了那个陌生人偷偷住在别人家天花板上面的故事。

"我检查了每一个房间,怕得直发抖。

"万幸的是,我没在家里找到他,也没有发现窃听器和隐形摄像头。也许是最近新出的款式设计得太精巧了,一旦藏起来,外行人就找不到。话说回来,我还觉得玄关和另一个地方的大镜子照起来怪怪的。无论如何,都只能请专家来家里检查。为保险起见,我拍下了镜子的照片。

"其实有一个问题比窃听器和隐形摄像头的问题严重得多,就是那人显然来过我家。就在短短几小时前,搞不好是几分钟前。他光着身子在我家里走来走去,还坐过我的沙发,用过我的床。

"我真想立刻把家里的东西通通扔掉。但这太不现实了。

"我也想过回父母家躲一躲,但这也许会让他查到我老家的位置。他比我想象中的还要神出鬼没。我没有把握甩掉他的追踪,平安回到父母家。

"我不敢上床睡觉,只能开着灯,在家中煎熬了一整晚,片刻都没合眼。

"第二天药店一开门,我就去买了一些消毒药水。

"当然,就算我用了药水,也无法彻底去除他流下的汗水和唾液,搞不好还有尿液甚至更恶心的东西,但这样至少有助于杀灭病菌吧。也许这么做只是一种心理安慰,但这是我当时唯一想到的法子。

"我用双手捧着消毒药水回到公寓。可就在我把药水放在地上,抬手触摸门把手的时候,我感到了一种前所未有的心慌。那种感觉就好像我亲眼看到一个中年男人站在那里,正要抬手开门。

"在那一刻,我终于理解了他的感受,明白了他想要什么。

"他想成为我。

"他之所以拍那些模仿我的照片,是为了和我融为一体。就像动漫发烧友玩Cosplay(角色扮演)一样,他太爱我了,所以拼命模仿我的外形,想要变成我。

"'我就是富士唯香'——他试图给自己灌输这样的念头。对他而言，真正的富士唯香——也就是我——所做出的出乎意料的行为肯定会让他气急败坏。他以我为目标，一心想要成为我，可就在这个节骨眼上，我这个目标本身发生了变化。他肯定会觉得非常别扭，就好像他快要跑到马拉松的终点了，终点却自己长脚跑了起来。写在信封上的那些莫名其妙的谩骂，就是源于目标的变化让他产生的挫败感。

"而'他侵入我家'这一行为也有了不同的意义。起初我还以为他是想以某种方式伤害我，或是想通过偷窥我的生活获得某种变态的快感，但这并不是他的真正目的。如果他认定自己就是富士唯香，那他当然就应该住在富士唯香的家里。

"我不知道他是怎么溜进我家的。我觉得住公寓很安全，所以外出时一般不锁阳台的窗户。也许他效仿了蜘蛛侠或蝙蝠侠，从阳台进入我家。次数多了，再加上对房间的深入调查，他就有可能找到备用钥匙，给自己复制一把。

"明明是'回自己家'，却要从阳台溜进来，这显然是不合理的，但他和我明明有着不同的性别与年龄，却还是认定自己就是我，不难想象他肯定想出了一套连贯通顺的解释来说服自己。

"他肯定通过网络、杂志和电视搜集了所有关于我的信息，并利用这些信息为自己拼凑出了'我就是富士唯香'的虚假记忆。他还变本加厉地安装了窃听器和隐形摄像头，模拟自己以富士唯香的身份生活的种种片段。他恐怕把这些体验都纳入了自己的记忆。

"但这一切都只是建立在直觉上的猜测。要想让推理站住脚，就得找到某种证据。

"我小心翼翼地转动门把手。

"把手发出了轻微的摩擦声，但是不仔细听的话是很难察觉到的。

"我把门稍稍打开一条缝，溜了进去。

"玄关没有明显的变化，只是放在拖鞋架上的拖鞋少了一双。

"那双拖鞋肯定就在他的脚上。

"我脱了鞋，蹑手蹑脚地穿过走廊。

"空调发出的微弱响声飘进耳朵。

"紧随其后的是细小的噪声，像是有人在嚼薯片之类的东西。

"错不了。有人趁我不在闯进了我家。

"我靠近起居室，把耳朵贴在门上。

"嚼薯片的声音仍未停歇。

"我集中注意力，推开房门。

"只见一个人坐在沙发上，背对着我。他穿着我常穿的那种女装，大口大口地吃着薯片。

"那应该是我买的薯片。

"我悄悄走向他。

"现在回想起来，我都不知道自己想做什么。

安乐侦探

"也许我是想看看,如果真正的富士唯香突然出现在一个认定自己是富士唯香的人面前,对方会有什么反应。

"假设你正无比放松地坐在自己家里。突然,你感觉到身后有人。你吃了一惊,回头望去,竟看到了另一个你。

"不对。也许在看到我的那一刻,他不会觉得对面那个人是自己。他可能只会觉得那是一个和自己相像的人,或是看起来根本不像自己的人。

"我深吸一口气,问出了那句话。

"'你是谁?'

"神秘人的动作骤然停止。拿在手里的薯片落在地上。我可以清楚地看到,他在颤抖。

"当然,我也在颤抖。

"眼看着神秘人缓缓回头,仿佛在做慢动作。

"从下巴到脸颊的轮廓是那样眼熟。

"就是他,绝对没错。

"我们穿着一模一样的衣服。

"也许他旁观了我买衣服的过程,也买了同样的衣服。

"我们的视线终于相交。

"'啊!!'

"仿佛有某种类似惊雷的东西在我们的眼睛之间闪过。

第一集 私生粉

"我双腿无力,瘫倒在地。

"我挣扎着拿出包里的手机。

"记忆中的最后一幕,是我好不容易按了一个按键。

"伴随着男人的粗野哀号,我的意识逐渐模糊。

"回过神来的时候,经纪公司的大批工作人员已经赶到我家了。

"为保险起见,公司把我送进了医院。

"负责照看我的是一位女医生。我把自己经历的一切讲给她听。她好像立刻就猜到了我是富士唯香。

"我哭着告诉她,这些天我是多么害怕。

"她认真听着,连声答应。

"我请她帮忙把我家里的隐形摄像头和窃听器都拆掉。

"她认真听着,连声答应。

"'要小心家里的镜子。镜子也被人动过手脚。'

"她一脸莫名其妙。

"'那是单向透视玻璃。你问我怎么知道的?因为我看到了。我看到镜子那头有一张恶心的脸。'

"'是这个人吗?'她问道。

"'没错,就是他。'

"她成了我的新经纪人。

"她还告诉我,本市有一位名侦探。"

安乐侦探

"这是个非常有趣的故事,"老师露出满意的微笑,"您在镜子里看到了那个人是吧?"

"是的。对了,我把证据带来了。"委托人从包里掏出一面手镜。

"什么证据?"

"男人的脸啊。就在镜子里。"

"是吗?"老师疑惑地说道。

"您仔细看。"

"呃……在哪儿呢?"

"您看啊,就是镜子里的这个男人啊!"委托人露出欣喜的表情。

*

"妙极了,"老师带着无比陶醉的表情说道,"你遇到过如此离奇的案件吗?"

"没有,"我回答道,"而且我从来没有遇到过案件。"

"那真是太不幸了。话说你觉得这起案子有什么特征吗?"

"您是说缺乏物证?"

"那可不一定。从委托人讲述的情况看,似乎是没什么物证,但警方若是采取行动,他们也许会找到非常多的物证。"

"您为什么不报警呢？"我问委托人。

"我要是报了警，媒体就有可能知道，"委托人回答道，"有男人闯进我家是天大的丑闻。我作为偶像的职业生涯会被彻底断送的。"

哦。看来此人看似软弱，其实精明得很。

"话说女医生当经纪人又是怎么回事啊？"我抛出了心中的疑问。

"大概是她心血来潮求了经纪公司吧。这确实像她能干出来的事。"

"您认识她吗？"

"嗯，我们是通过一起小案子认识的。从那时起，只要她遇上这种特殊的案件，都会把人介绍给我。"

"可调查案件不是警方的职责吗？"

"那是当然。但警方办事过于死板，有些真相是没法靠他们查明的。所以每次发现这种案件，她都会介绍给我。"

"医生可以做这种事吗？"

"没问题。她本就不是医生，而是医院的咨询师。"

"可委托人明明说那是位女医生。"

"这只是一个小小的误会，无伤大雅。总之我要跟委托人聊一聊，你先别吭声。"

我本想反驳,却又觉得划不来,便决定保持沉默。

"呃……藤井女士。"老师说道。

"敝姓富士。"

"哦,对,富士女士。您有没有仔细检查过照出罪犯模样的浴室镜子?"

"检查过。镜子背面有大约四十厘米深的凹槽,必须把整面镜子拆下来才能钻进去。"

"安排您租住那套公寓的是谁?"

"前任经纪人。公寓是经纪公司名下的,出租给旗下的艺人。"

"那位经纪人肯定有您家的钥匙吧?"

"有的,因为我有时候工作太忙走不开,需要他帮我去家里拿东西,比如换洗衣物。"

"也就是说,前任经纪人可以趁您不在自由出入您家?"

"这话没错,可……"

"不仅如此,他还可以在您入住之前设下各种各样的机关。"

"您不会是想说前任经纪人就是罪魁祸首吧?"

"这正是最可能站住脚的答案。与其假设您有一个像超人一般的私生粉,能第一时间获取您的最新信息,模仿您进行拍摄,自由出入您家并随意改造家里的东西,还不如假设一切都是经纪人干的好事,后一种推论显然更为顺理成章。如果某个现象可以用多种假设来解释，那我们必须采用假设元素最少的那一种。这就是科学哲学领域常说的奥卡姆剃刀原理[1]。事前准备得再充分，也很难在短短几个小时内拍出一整本写真集的照片。再者，普通的私生粉就算有本事溜进您家，也不可能改造家里的东西。但如果经纪人就是罪魁祸首，一切都说得通了。他能轻易了解到您拍了什么样的写真，可以花几周甚至几个月精心拍摄翻版。而且他也可以安排您住进设有密室、单向透视玻璃等机关的公寓。"

"可他长得跟那人完全不一样啊。"

"他可能乔装打扮了一番，也可能雇了别人。他在经纪公司上班，完全可以借口拍整蛊节目什么的雇个不太知名的演员。"

"可他为了我去咨询过警方好几次啊。"

"'他去找过警察'这件事，您应该没有直接证实过吧？"

"没有是没有……难道他根本就没去，一直在骗我？"

"这个可能性很高，您最好联系警方核实一下。这样就能让一切水落石出了。这位前任经纪人是不是失踪了？"

"是的，"委托人点头说道，"可我无论如何都无法相信是他干的。"

---

[1]若无必要，不应增加实在东西的数目。如果能用较少的东西说明问题，那么用较多的东西说明问题就成为无益的事。

"就是他干的。如果您之前的叙述无误，那就意味着您告诉他'私生粉的信被直接投进了您家的信箱'之前，他就已经知道这件事了。"

委托人瞠目结舌："他为什么要这么做啊？"

"这我就不清楚了，大概是气您拒绝了他吧。也许他只是想吓唬吓唬您，让您多依赖他。对了，我可以再问您一个问题吗？"

"可以，什么问题？"

"您刚才为什么要从包里拿出手镜？"

"不为什么，就是它硌着我掏手机了。"

手机屏幕显示出一张令人毛骨悚然的照片，一个男人正从镜子后面窥视拍摄者。

"哦……"老师似乎失去了兴趣，坐在椅子上打了个哈欠，"是请警方逮捕他，还是用其他方法控制住他，让他为自己的罪行付出代价，或是假装这一切从未发生过，请您找经纪公司商量。只要您如约支付我咨询费用，我这边就不会有任何问题。"

"谢谢。"富士唯香露出心满意足的微笑，来时那战战兢兢的神色早已消失不见，许是真相大白带来的安全感所致。

而渐渐回到她身上的偶像光辉，令我久久无法挪开视线。

第二集

消除法 [1]

[1]日语写作"消去法",直译是"排除法"的意思,但本章讲的是"让某人消失的超能力",故翻译成"消除法"。

第二集　消除法

"公司里出现了一个与我能力相当的人。"委托人中村瞳子张口便说。

她是一个面相偏凶的年轻女人，穿着一身笔挺的套装，身材瘦长。可见她要么很能干，要么就是在努力让自己显得很能干。

"哦……"老师冷静地回答道，"这种情况也是有可能发生的。再说了，想入职同一家公司的人必然有着相似的能力。这件事跟您有关系吗？"

"您好像误会了我的意思。"

"您为什么觉得我误会了？"老师淡定地问道。

"因为没人可以一见到我就知道我有什么能力，"瞳子用略显目中无人的口吻说道，"话说这位是？"她指着我问。

"哦，她是……"

"您不用介意我。"我开口说道。

"我也没介意你,只是觉得用你来解释我的能力刚刚好……"瞳子掏出手提包里的手机,"能请二位去那边并肩站吗?"她指了指墙边。

"呃……可否请您先解释一下这么做有什么意义?"我问道。

"等会儿再告诉你。"

"你先过来吧,先按中村女士说的做好了。"

我不情愿地站在老师身旁。

瞳子用手机拍了一张照片。

"我可以再拍一张只有你的照片吗?"

老师离开墙边,无声示意我照办。

"好。"

话音刚落,瞳子就按了快门键。"行了。"

"请问……"我说道,"您打算用那些照片做什么?"

"不必担心,照片只是用来做实验的,不会给你添麻烦。实验一结束我就删掉照片。"

"我倒不是担心您用照片做坏事。"

瞳子咧嘴一笑,走到我跟前,指着我说道:"你给我滚蛋!"

"啊?"我吃了一惊。

"你认识中村女士吗?"老师问道。

"不认识。"我摇了摇头。

"中村女士,您刚才那句话是什么意思?"

"你不必介意。"

"呃,您让我不介意也没用啊……"

"这只是一个仪式,"瞳子微微一笑,"能否请你暂时从我和老师的视野中消失?"

"啥?!"即使我脾气再好,听到这话也会有些生气。

"这也是某种仪式吗?"老师问道。

"是的,完全正确。"瞳子回答。

"您让我从二位的视野中消失,是让我离开这家事务所吗?还是去别的房间也行?"

"最好是离开事务所。去别的房间也没关系,但是请务必不要让人察觉到你在那里。"

"我又不是忍者,哪儿有那么大本事?"我发了句牢骚。

"你不需要使用忍术,只要坐着不动,轻轻呼吸就行了。别弄出动静,别清嗓子,也别哼哼唧唧。"

"我才不会哼哼唧唧呢。"

"反正你先照中村女士说的办吧。"老师一副乐在其中的样子。

"好吧,需要我躲多久?"

"根据以往的经验,几分钟就够了。不过有时可能需要十多分钟。"

"那就请你消失十分钟左右吧。"老师说道。

"如您所愿。"我走去隔壁房间,关上房门。

"言归正传。正如我刚才所说,我有一种能力。"瞳子说道。

房门是关着的,但我几乎可以毫无障碍地听清他们的对话,还能透过门上的小窗看到隔壁的情况。

"您确实说过。"

"世上有各种各样的能力。"

"确实有很多种,好比编程能力啦,英语口语能力啦……"

"但我拥有的是超能力。"

"您的意思是,您的能力特别出类拔萃?比如能以两倍于常人的速度处理工作,或是拥有与奥运健儿旗鼓相当的运动能力?"

"不,不是这样的。我说的超能力就是超能力。"

"也就是说,您所谓的超能力是像漫画人物那样用手发射丝线,在天上飞来飞去,或是变成绿色的怪物?"

"是的,但我的能力与您刚才举的那些例子并不相符。"

老师支起胳膊,陷入沉思。

"您在怀疑我吧。"瞳子说道。

"那倒没有,只是猜不透您的能力是怎么回事。毕竟您只说自己有超能力,我一时半刻也想象不出来啊。"

第二集 消除法

"老师,您认识这个人吗?"

"呃……"

"这是我刚才用这部手机拍的。"

"照片的背景确实很像这面墙,但我不认识这位女士。"

"那您对这张照片还有印象吗?是您和这位女士一起拍的。"

"话说回来,您刚才确实给我拍过一张照片。"

"直到片刻前,她还是您的助手。"

"不会吧……"

"千真万确。我有让人消失的能力。"

"您能让人隐形?"

"不是单纯的隐形,而是彻底抹去那个人的存在。"

"'抹去那个人的存在'是'杀害他'的意思吗?"

"不,我剥夺的不是对方的生命,而是对方存在这件事本身。"

"我不明白两者有什么区别……"

"如果只是夺走对方的生命,那便会留下一具尸体。但要是发动我的能力,连尸体都不会留下。"

"您的意思是,那个人会死去,然后尸体也会消失?"

"也不是。因为那个人的存在本身被我抹去了,所以不会留下尸体。连那个人死了这一事实也不会留下。"

"我不明白'死了这一事实也不会留下'是什么意思……"

"换句话说，我可以回到过去，抹去过去的他，同时将他从人们的记忆中一并抹去，仿佛他从一开始就没有存在过。"

"这怎么可能？照理说，就算您能把所有物证处理干净，那个人也一定会留在旁人的记忆里啊。"

"不会的。因为他打从一开始就没有存在过。"瞳子窃笑道。

"哦……您是说，照片上的这位女士原本是在这里的，是您用超能力让她消失了？"

"没错。"

"而且因为您回到过去，抹去了过去的她，所以我记忆中的她也一并消失了？"

"是的。"

"好像不太对啊。"

"哪里不对了？"

"这种现象的原理。您是真的回到了过去，还是仅改写了记忆？"

"这不是一回事吗？"

"不，完全不一样。前者是颠覆现代物理学的惊天发现，后者却和寻常的催眠术差不多。"

"我的能力不是寻常的催眠术。毕竟我能让一个大活人消失不见。"

第二集 消除法

"嗯……"老师露出微笑。

"您还是不信吗？"

"那倒不是，我相信您没有撒谎。请问这种能力是什么时候出现的？"

"半年多前。"

"当时您身边发生过什么不寻常的事情吗？"

"没出过特别的事。"

"真的吗？您仔细回忆回忆。"

"嗯……硬要说的话……"瞳子沉思片刻。

"硬要说的话？"

"就是同事之间的关系有点僵吧。"

"也就是说，同事之间的关系原本并没有那么僵？"

"嗯，虽然算不上特别要好，但也没有那么紧张。"

"出什么事了？"

"裁员。"

"公司裁员了啊。"

"不，只是有传闻说公司要裁掉一大批人。"

"只是有传闻啊。"

"哪怕只是传闻，那也是天大的事。毕竟工作关乎大家的生计。当然，您是个体户，肯定不用担心这些。"

安乐侦探

"我是不用担心裁员,但天知道什么时候会没活干,所以个体户这碗饭也不是那么好吃的。"老师笑道。

"您不是本市最厉害的名侦探吗?"

"话是这么说,但现实世界里的名侦探毕竟不能跟电视剧、小说里的比啊。现实中的罪案是由警方负责的,轮不到我们出马。"

"那您平时都处理什么样的案子呢?"

"大致有三类吧。第一类是用不着惊动警方的事情,就是那种很难界定算不算犯罪的事情。比如碰上了每周找你一次的跟踪狂啦,街坊邻居早上八点弹钢琴,吵得你睡不着啦……"

"这种确实挺难界定的。"

"第二类是被害者不想闹大的事情。委托人可能是不希望自家公司出罪犯的老板,也可能是害怕爆出丑闻的艺人。"

"这也是常有的事。"

"第三类是不归警方管的事情,比如国际阴谋、牵扯到灵异鬼怪的事情等等。"

"又是阴谋又是灵异的,听起来怪不舒服的,说得就好像他们只是跟您说了一通自己的妄想似的……"

"真的只是妄想也就罢了,但大多数情况下,妄想背后还隐藏着更棘手的问题……

"你们听说公司要裁员,同事之间的关系变得很僵,然后呢？"老师把话题扯了回来。

"大家开始相互推卸业绩恶化的责任了。"

"这难道不是老板的责任吗？"

"老板才不会承认呢。"

"老板说要找出导致业绩恶化的人，把他们开除？"

"上头没有明说，只是发了一个通知，说公司考虑建立一套制度鼓励员工跳槽，帮助那些想要在事业上更进一步的人。"

"鼓励跳槽？"

"就是想辞职的人可以跟公司和平解约。"

"哦……公司是打算点名让某几个人走吧？"

"据说法律有规定，不太允许公司点名解雇员工。"

"那要怎么办？"

"有传言说，公司会想办法引导那些想要开除的人，让他们主动辞职。"

"这也行？"

"说白了就是给人家小鞋穿，搞职场欺凌什么的。"

"这年头还用这种法子恐怕不妥吧？"

"大概这取决于当事人的感受吧。有些事情从客观角度看只是开开玩笑，或是沟通的一个环节，对当事人来说却是莫大的痛苦。比如让同一个人在晨会上反复发言，或是把人调到单程将近两小时的地方上班。"

"这是合法的吗?"

"算是灰色地带吧。但公司还没做到这一步,就出现了员工内斗的情况。"

"怎么回事?"

"要是有几个人在公司锁定目标前辞职走人,就不需要进行新一轮裁员了。"

"也就是说,员工开始互相扯后腿,逼别人辞职了?"

"是的。"

"那你们具体做过什么?"

"跟小学生的恶作剧差不多。把脏抹布放在人家的办公桌上,擅自删除人家弄到一半的文件,在储物柜上涂鸦……"

"成年人干得出这么幼稚的事情啊?"

"这个看公司跟部门吧。反正我也成了他们骚扰的对象。"

"是老板下的指示吗?"

"我也不知道,但应该不是,只是讨厌我的几个同事联手对付我吧。"

"您的意思是,您在公司里不太合群?"

"倒也不是不合群,只是我说话比较直接,所以得罪了很多人罢了。"

"哦。然后呢，出了什么事？"

"我把带头找我麻烦的女同事叫去了休息室。她姓桥月。"

"您怎么知道她是带头的呢？"

"我就是知道。"

"所以我才问您是怎么知道的？"

"看表情和眼神不就一清二楚了吗？"

"是吗？"

"是啊。我的直觉是很敏锐的。"

"把她叫出来以后呢？"

"我明确告诉她：'你必须立刻停止对我的骚扰。'"

"她答应了？"

瞳子摇了摇头："她装傻，说：'我不知道你在说什么。'"

"请容我再确认一下，她会不会是真的一无所知？"

"绝对不可能。"

"您凭什么这么肯定？"

"她的态度说明了一切。她的眼神飘忽不定，大概是不敢看我吧。我告诉她，我可以原谅她做过的那些事，但希望她不要再惹我了。"

"那她的态度有变化吗？"

"没有。所以我后来又把她叫了出来。

"'你到底想干什么?'我瞪着桥月说道。

"'我都说了,我不知道你在说什么。'她还在装傻。

"'你弄坏了我电脑的硬盘。里面有很重要的数据!'

"'硬盘崩溃不是常有的事吗?要怪也只能怪你没有提前备份啊!'

"'谁会天天备份啊,我哪儿有这个闲工夫,我可是很忙的。'

"'我就有备份的习惯。备份也是工作的一部分啊。'

"'因为你太闲了吧。'

"'我只是做事比较麻利而已。你手脚慢不说,还要把自己的错误归咎于别人,这算哪门子的大忙人啊。'桥月转身要走。

"'你给我站住!我还没说完呢!'

"'我可没时间陪你打发时间。'

"'打发时间?'

"'如果你真的很忙,怎么会有时间来刁难我呢?这恰恰证明你很闲啊。'

"'我不是在打发时间,而是要求你停止对我的骚扰!'

"'窝囊废一个,'桥月面露冷笑,'大家都觉得你是多余的。'

"'你说什么?'

"'我说,大伙儿都嫌弃你。你也听说了公司可能要裁员吧,如果必须有人走,那肯定得让多余的人走啊。'

第二集　消除法

"'你胡说八道！'

"'我可没胡说八道。大伙儿都在背后议论你呢，巴不得你滚蛋。'

"'该滚蛋的人是你！'我火冒三丈，一声大吼。

"说时迟那时快，桥月突然不说话了，脸上也没了表情，就好像她看不到我似的。硬要打比方的话，那感觉就像是她的存在感突然变得稀薄了，整个人融进了空气，几乎要消失不见了。

"她转过身，快步走出休息室，甚至没发出脚步声。"

"当时休息室里有其他人在吗？"

"有。除了我们，还有两三个人在。"

"他们有没有注意到你们的对话？"

"注意到了，因为他们都在看我，像是被我那怒气冲冲的样子吓到了。"

"好。请您继续往下说。"

"我直接回了办公室，但桥月没有回来，直到那天下班都没再出现过。

"我很纳闷，可找同事打听她吧，心里又不太爽，所以我干脆就没管她。

"第二天，她也没有出现。我没放在心上，还以为她大概是因为跟我吵了架，觉得尴尬，才没有来上班。谁知到了第三天和第四天，她还是不见人影。

"我终于下定决心，在午餐时间找一位同事问了问。

"'最近桥月一直没来上班，她出什么事啦？'

"'啊？'同事反问我，'你说谁没来上班？'

"'桥月啊。'

"'谁？'

"'桥，月。'我半开玩笑似的一字一顿地说。

"'桥，月？'同事也跟我一样一字一顿地问道，'那是谁啊？'

"'你不是在逗我吧？'

"'那人是哪个部门的？'

"'当然是我们部门的啊。前几天她还在休息室跟我吵了一架呢。'

"'呃……你说的是谁啊？'

"我又找其他同事问了问。'你认识桥月吧？'

"那个同事思索片刻后回答：'抱歉，我不记得了。'

"'怎么会不记得呢？我们天天在一起工作啊。'

"同事们面面相觑，显得十分困窘。

"'干吗？你们当我疯了吗？有没有搞错……好吧，等会儿回办公室就知道了。'

"我们草草用了午餐，回到了办公室。

第二集 消除法

"'看,这就是桥月的工位……'

"可那个地方并没有办公桌,而且也没有莫名其妙空出来一块。整间办公室的布局稍稍变化了一些,所以少了一张桥月的办公桌也不太明显。仿佛那张桌子打从一开始就没有存在过。

"'放在这里的桌子呢?'我问在场的同事们。

"'这里哪儿有地方放桌子啊。'

"'不,是每张桌子都错位了一点点。本来这排桌子都要更靠窗一些的……'

"'你是在搞笑吗?'

"'不不不……我不会开这么无聊的玩笑。'

"'那就别说了,听着瘆得慌。'

"'等等,'我走向科长的工位,'打扰了。请问桥月的办公桌哪儿去了?'

"'啊?谁的办公桌?'科长一脸莫名其妙地看着我。

"'呃……算了。'我走回自己的座位。

"虽然我直到最后都没想明白,但桥月的离去对我来说并不是一件坏事。仔细研究她是怎么失踪的,显然对我没有任何好处。当桥月从没存在过就皆大欢喜了,没必要再追究下去。

"我决定忘了桥月。

"我本以为桥月一走,生活就会重归平静,但我错了。一个姓火田的女人填补了桥月留下的空缺，成了女员工的领头羊。

"不，大家似乎并没有产生'火田填补了桥月的空缺'这样的感觉。其他女员工和火田本人好像都认定，她从一开始就是小团体的头头。

"'你真是太烦人了，'一天，火田在休息室当面对我说，'你知不知道你给所有人添了麻烦？'

"'我干什么了？'

"'坏就坏在你什么都没干。而且你还弄丢了重要的文件不是吗？'

"'那是因为……'我想起了前些天发生的事情，'我放在桌上的东西不知怎的就不见了。'

"'呵，那可真是奇了怪了。'火田撇嘴笑道。

"那一声笑让我洞察了一切。原来文件不翼而飞是她干的好事。

"'你为什么要刁难我？'我瞪了她一眼。

"'刁难？什么意思？'

"'文件是你藏的吧。'

"'呵呵，自己弄丢了文件，还想让我背黑锅？'火田明明都快不打自招了，却又矢口否认，企图让我自乱阵脚。

"我又气又恼，泪水夺眶而出。

"'哟，你不会是觉得掉几滴眼泪就能解决问题了吧？'火田

指着我说道,'你这样的人就该立马滚蛋,有多远滚多远!'

"'该滚蛋的人是你。'我咕哝着走出休息室。

"第二天,我发现火田不在办公室。

"我问同事:'火田今天请假了?'

"'火田是谁啊?你前两天是不是也问过一个大伙儿都不认识的人来着?'

"'啊?'

"我查看了火田的办公桌所在的位置。

"果不其然,其他办公桌都有些错位,仿佛那里从没有摆过桌子。

"我没有像上次那样大惊小怪。和桥月一样,火田也变成了从没存在过的人。消失的不光是那两个人,还有她们存在过的记忆。"

"您说周围的人失去了关于这两个人的记忆,那与她们最亲近的人呢?比如她们的家人?"

"家人好像也不记得她们了。"

"您核实过?"

"是的。"

"您直接去了她们家?"

"不,是我碰巧在街上遇到了桥月的家人。"

"您之前就认识她的家人?"

"不。在那天之前,我甚至不知道她有姐妹。是我主动上前搭话的。"

"桥月的姐妹是什么反应?"

"对方好像吃了一惊。听我解释完之后,对方说自己没有姐妹,是我认错人了。"

"会不会正如那人所说,是您认错人了?"

"不可能,我确认过对方的姓氏。"

"好。请您接着说下去。"

"我冷静分析了一下发生在自己身上的事情。

"某人失踪是常有的事,但旁人关于他们的记忆也一并消失就太离奇了,我从没听说过这种事。匪夷所思的现象接连发生,背后肯定有某种原因。

"消失的两个人有什么共同点?她们都是女性,在同一个部门工作。除此之外,她们似乎没有任何相同之处。桥月三十出头,未婚。火田则是四十五六岁,已婚。当然,她们都是女员工小团体的领头羊,但火田是因为桥月失踪才坐上了领头羊的位置。如果成为领头羊的人都会消失,那就意味着我们部门的女员工会一个接一个消失不见。尽管我不是爱当领导的性子,可要是继续这样下去,我总有一天会坐上那个位置的。虽然我不认为这种现象会持续很长时间,但我还是产生了些许焦虑。

第二集 消除法

"她们还有别的共同点吗?经过思考,我意识到她们都将我视作眼中钉。

"对我有敌意就会消失?这怎么可能呢?

"我摇了摇头,把这个念头甩出脑海。

"过了一阵子,股长秋水对我的态度越来越过分了。本该通知所有人的事情却独独漏了我,害得我一个人开会迟到,一个人没做好出差的准备,出了不少丑。

"'你最近怎么回事?成天心不在焉的。'秋水故意当着大家的面批评我。

"'呃……我没听说。'

"'什么?'

"'开会的事,还有出差的事,我都没听说。'

"'你不能老这样,得好好听人家说话。'

"'我不是这个意思。我是说您没通知我。'

"'你这话是什么意思?'秋水像煞有介事地脸色一沉,'你是想说我忘了联系你?'

"'也许是忘了,也许是单单没通知我……'

"'你是想说我故意给你小鞋穿?!'

"被秋水这么一吼,我耸肩缩背,但还是点了点头。

"'没想到你会给我来这出。你说我故意刁难你?好,那你告

诉我，我为什么非得刁难你不可？'

"'呃……'

"'你天天犯错，我还怀疑你在故意整我呢。岂有此理，给我安分点！'

"我知道自己没错，却无从反驳。秋水没有通知我，但我没有证据。可不是没证据嘛。如果他联系过我，肯定会留下便条、邮件之类的证据，可我该上哪儿找'他没有通知我'的证据呢？

"我无言以对，但没有掉眼泪。而且我心怀期望——秋水对我有敌意。如果这就是桥月和火田消失的原因，那么秋水应该也会消失。

"我翘首期盼秋水消失，可他迟迟没有要消失的迹象。第二天，他照常上班，把我骂了个狗血淋头。第三天也是如此。

"一眨眼，一周过去了。

"说不定，只有敌视我的女人才会消失。莫非还要满足其他条件？

"我每天都在思考这个问题。

"一天，秋水在快下班的时候来到我的工位，放下厚厚一摞文件。

"'这是明天一早要提交的资料，但格式乱七八糟的，你能不能统一一下？'

"'呃……请问原始的电子文件在哪个文件夹里?'

"'哪儿来的原始文件,对着纸质资料自己弄吧。'

"'可这得有一百来页吧?'

"'也许吧。'

"'现在开始弄怎么来得及啊。'

"'到明早九点还有十六个小时,怎么就来不及了?五分钟弄一页还是赶得完的。'

"'这么复杂的简报资料,怎么可能五分钟赶出一页啊!'

"'那几分钟能赶出一页?你可没有理由拒绝加班。怎么着?难道你觉得自己的工作是一到点就滚蛋不成?'

"滚蛋?

"对了,我确实这么命令过她们。

"碰碰运气。这个法子值得一试。

"我指着秋水。

"'干吗?对我有意见啊?'

"'你给我滚蛋!'

"'什……'在片刻的激愤后,秋水变得面无表情,然后起身走出了办公室。

"我松了一口气。

"环顾四周,只见大家都在忙自己的工作,仿佛什么都没有发生过。

"我没有跟任何人打听秋水。

"第二天,我注意到办公桌的位置又出现了变动。

"就在我为一份必须提交的资料发愁时,一位男同事开口对我说道:

"'中村股长,麻烦您在这份文件上盖章。'

"我吓得腿都软了。因为我这辈子都没当过'长'。

"'我是股长?'

"'是啊。'男同事一脸讶异。

"看来因为秋水消失了,所以我成了股长。

"我接过文件,假装检查内容。我从没见过这份文件,哪怕它有错,我也不可能看出来。

"我缓缓拿出印章,盖好,然后把文件递回给那个人。

"这样做对吗?

"我感到坐立不安。因为我根本不知道股长该做什么。

"但我也有了新的发现。光对我有敌意,不会造成任何结果。可一旦我下令让对方'滚蛋',他就会真的消失。所以这种现象并非巧合,而是我的特殊能力造成的。

"我细细思索起来。

"这是一种巨大的力量,却不会立即使我受益。诚然,除掉那

第二集 消除法

三个刁难我的人对我确实有好处。但这种好处是间接的，我无法利用这种能力直接赚钱或者在工作中偷懒。

"就不能把这种能力用在刀刃上吗？在那之前，我必须先做更多的实验。

"我环顾办公室。

"没有比我除掉的那三个人更碍事的了。但为了做实验，我还得再选几个人。

"我决定先把'消失后会造成麻烦'的人排除掉。好比懂电脑的人和熟悉客户的人，他们一旦消失，我的工作就会受影响，所以得把他们排除。还得留下陪我吃午饭的人，不然太冷清了。自己的上司也得排除在外，因为他一消失，我就会自动晋升，承担更多的责任。

"剩下的都是我既不喜欢也不讨厌的，也没什么直接的用处。接下来就只能看脸挑了。

"我挑了一个姓木樱的年轻人，他长得最不起眼。他明明年纪和新人差不多，却长得又矮又胖，头发也比较稀疏，反正再怎么恭维都算不上帅哥。不过我对他并不是特别反感。只是要在我们部门找一个人除掉，他大概是最合适的人选。

"'木樱，你来一下。'我把他喊了过来。

"'好的，股长，有什么事吗？'

"木樱急急忙忙来到我跟前。

"哦,这就是当领导的感觉吧。对人发号施令的感觉还挺不错的。但我不想担太多责任。

"'呃……你在忙什么?'

"'哦,我在完善上周分配给我的客户数据库。'

"那是必需的吗?如果是,除掉他可就麻烦了。怎么办?

"'什么时候能弄好?'

"'您是想让我再抓紧一点?'木樱似乎有点慌了。

"'不,我只是想问问要多久。'

"木樱貌似松了口气:'嗯……应该有希望在半年之内弄完。'

"要花足足半年?那就说明这个东西不是眼下急用的。既然有半年的缓冲时间,哪怕这个人现在消失了,也能找别人接手。

"'木樱,你听好了。'

"'您说。'

"'你给我滚蛋。'

"在那一刻,木樱露出哀伤的神色,但随即变得面无表情,直接走开了。

"除了我,没有人注意到他的一举一动。

"他每走一步,存在感都会减弱一些。走到办公室门口的时候,他几乎跟空气差不多了。

第二集 消除法

"我跟着他走到门口,向走廊看去。

"他已不见踪迹。

"回头望向办公室,他留下的痕迹也几乎消失不见了。

"我甚至没有想过要找办公室里的同事打听木樱,兴奋得不能自已。

"我看谁顺眼,就能让谁消失。啊,这么说好像不太对。应该是我看谁不顺眼,就能让谁消失。当然,我知道这是一种不上不下的能力,但我至少可以除掉碍眼的人,这显然有助于改善我的生活。

"我已经除掉了三个令我极其不爽的同事。剩下的那些我都不在乎。但是从严格意义上讲,其中有'最好留下的',有'最好消失的',还有'真的无所谓他在不在的'。我越想越觉得,还是把第二种人除掉为好。他们的存在不会带来很大的压力,但还是会让我有些心烦,所以还是消失更好。

"我把'最好消失的人'列成一份清单。起初是按直觉随便列的,但过了一段时间,我重新评估了这份清单,看看里面有没有消失了会造成麻烦的人,最后也确实删去了几个名字。我不知道消失的人还能不能复活,觉得还是做好'消失的人永远无法复活'的思想准备为好,于是重新斟酌了一番,敲定了要除掉的人。

"午休时,我逐一走去他们的工位,命令他们给我滚蛋。

安乐侦探

"让人消失也讲究一个诀窍。我发现要是一直盯着对方看,他就很难消失。但要是故意不看对方,不去注意他,他就会在不知不觉中消失。

"午休结束后,办公室里清爽多了。但好像还是没人注意到周围的变化。

"几天后,我意识到自己可能做得有些过火了。因为工作总也做不完。不仅是我,整个部门都遇到了这个问题。毕竟大约三分之一的部门员工都已经消失了,这也是理所当然的。

"'总感觉最近突然忙起来了。'同为股长的黑金说道。

"我以前没怎么和她说过话,因为她的职位比我高,但现在我们都是股长,所以经常交流。

"'有种工作量突然多出了50%的感觉,你说是不是?'黑金希望我表示赞同。

"'是啊,肯定是因为人太少了。希望公司能多安排三成人手过来。'

"'那是不可能的,'黑金皱起眉头,'公司正打算裁员呢。'

"'人都这么少了,还要裁员啊?'

"'是啊,公司是这么考虑的。但是看到我们部门忙成这样,上头貌似也意识到裁员是不现实的了。所以他们最近也不怎么提裁员了。但老板好像在怀疑我们偷懒。'

第二集 消除法

"'好端端的,何必偷懒呢。'

"'可不是嘛。但我们部门的工作效率确实莫名其妙变低了,也难怪老板会起疑心。'

"看来我不该大刀阔斧除掉那么多部门员工。

"话虽如此,我也不知该如何恢复原状。

"从那时起,我决定暂时收手。

"后来,黑金还是动不动就找我说,部门的工作效率下降了,上头怀疑我们偷懒。她似乎是在拐弯抹角地指责我,说我指导不力,影响了我们这股的工作效率,要么就是在怀疑我直接下令要求下属偷懒。她大概是在试探我,好向上头打小报告。

"换作以前,我肯定会立刻让她这种人消失的。可我要是在那个节骨眼上动手,她负责的所有工作很有可能会落到我头上。我本就无法胜任股长的工作,哪里承受得了更多的任务。部门里还有好几个让我心烦的人,但我当然没有让他们消失。

"我本以为自己掌握了一种不得了的能力,可喜悦的心情转瞬即逝。因为这种能力不是很好用。

"我只得用另一种方式发泄。在街上随便找个人,走过去对他说'给我滚蛋'。

"对方会一脸惊愕地盯着我看。这也难怪。如果在街上碰到的陌生人突然对我说这种话,我也会吓一跳的。在大多数情况下,对方会飞一般地走开。偶尔有几个人瞪我两眼，吼我两声，但只要我不理不睬，他们也会在不久后离开。

"当然，我也是会挑地方的。这种能力的效果不是立竿见影的，所以我有可能在对方消失前遭到反击。因此我专挑白天，只在熙熙攘攘的人群中使用。没人会在众目睽睽之下诉诸暴力。顶多被人骂两句'丑八怪''神经病''变态'什么的，但我并不介意。反正那都是即将消失之人的胡言乱语。

"被我诅咒的人都会逐渐淡出大家的视野，但他们自己和周围的人都无知无觉。因为不是他们隐形了，而是他们的存在被稀释了。那些人就跟路边的小石子似的。小石子没什么存在感，哪怕它就躺在路边，也没人注意得到。存在被稀释，就意味着存在感的减弱。这就是'他们在逐渐消失'这件事本身没有被任何人察觉到的原因。最后，他们会彻底消失。即将消失的时候，他们的身影往往是非常模糊的，所以我无法明确断言他们具体是在哪个时刻消失的。总之他们就像灵异照片里隐约可见的鬼魂一样，有时候能看见，有时候看不见。回过神来的时候，人已经完全消失了。

"就在我通过除掉行人泄愤的时候，部门迎来了天翻地覆的变化。管理层受够了低下的工作效率，决定把我们并入另一个更大的部门。

"工作量本身并没有下降，但上头大概是觉得，人数多了就能一起分担了吧。

"我也因此遭到降职，被免去了股长的职务。换成别人肯定会很难过，我却觉得自己终于卸下了重担。

"我在卸任后做的第一件事就是除掉黑金。紧接着，我逐一除掉了那些让我烦心的人。当然，我做得很小心，生怕过了火。毕竟好不容易摆脱了看不顺眼的人，却加重了自己的负担，那岂不是得不偿失吗？

"虽然工作上稍有不便，但我的日子过得还算太平。

"谁知有一天，我坐在休息室的时候，一男一女走了进来。

"男的叫土海，原本是我们部门的。女的叫山日，三十岁上下。

"他们大声交谈，说着说着就吵了起来。他们好像在谈分手的事情，但没谈拢。似乎是山日提了分手，但土海不肯答应。

"他们竟敢在公司堂而皇之谈分手，这勾起了我的兴趣。照理说裁员的传闻已经闹得沸沸扬扬了，这个时候闹出这种事情肯定是相当不利的。

"我心想，他们也许是没注意到我在，便清了清嗓子。

"土海看了我一眼，然后望向山日，轻轻摇头，意思是'先别说这些了'。

"也不知道山日明白没有。她没看我一眼，继续对土海说各种难听的话，否定了他的容貌、能力和人格的方方面面，听得我都有些可怜他了。

"'好吧，'土海面色惨白，冷汗直流，瑟瑟发抖，'既然你这么讨厌我，那我们也只能分手了。好歹同事一场，抬头不见低头见，我不想用这么尴尬的方式跟你分手。就不能微笑着说再见吗？'

"'不能，'山日冷冷地说，'那我要恶心死了。'

"'哎！'我实在看不下去，喊了一声。

"'你不用介意。呃……'山日转向我说道。

"'我是中村。'

"'抱歉，吓到你了吧。不过你不必放在心上。'

"'哎呀，话是这么说，但你们在公司里聊这些是不是不太好啊？'

"'就是啊，何必在公司谈分手。'土海哀怨地说道。

"'你让我去别处谈？哼！那我岂不是还得特地跟你约好在公司外面碰头啊！'

"'可……'我插嘴道，'在公司谈这个，大家就都知道了啊。毕竟你们分手以后还会在公司碰到的……'

"'不会的，碰不到了。'

"'这话是什么意思？'

第二集 消除法

"'他会消失的。'

"'啊?'土海似乎很惊讶,'什么意思?什么叫"我会消失"?'

"不知为何,我心中一阵忐忑。

"'你的意思是,土海会被调走?还是说他会离职?'我鼓起勇气问道。

"'我……我会离职?!'土海一声惨叫。

"'不,放心吧,'山日面露浅笑,'我不是这个意思。'

"'那你是什么意思?'我追问道。我也知道这样会显得我纠缠不休,可就是忍不住要问。

"'就是字面意思。他会消失的,彻底消失不见。'

"'你……你不会是想杀了我吧!'土海露出惊恐的眼神。

"'杀人会留下尸体的,我也会沦为杀人犯。放心,你不会死的,只是消失不见罢了。'

"'你胡说什么呢?'土海说道。

"'不好意思,你说的消失是……'我想先解决自己的疑虑。

"'我都说了,你没什么可担心的。'

"'可你说土海会消失……'

"'他一消失,关于他的记忆也会跟着消失。到时候你根本不会记得这段对话。所以你用不着担心。或者说,你是想担心都担心不了。'

"'你到底在说什么啊?'土海说道。

"'反正你们肯定是听不懂的。我也不需要你们听懂。'

"'我听得懂。'

"'啊?'山日瞠目结舌,'你是第一个对我说这话的人。但那只是你的错觉,你应该是搞不懂的。'

"'不,我懂。'

"'可我不懂!'土海说道。

"'我都懒得跟你们扯了,'山日一脸不耐烦,'还是赶紧解决干净吧。'

"我倒吸一口冷气。

"只见山日指着土海说道:'给我滚蛋。'

"我发出一声轻微的尖叫。

"土海面无表情地向右转,默默走出休息室。

"'从什么时候开始的?'我问山日。

"'啊?'

"'你从什么时候开始有了让人消失的能力?'

"'天知道,记不清了,有好一阵子了吧。'

"'这到底是什么能力?'

"'不知道。我只知道只要我当面让一个人给我滚蛋,他就会消失,旁人关于他的记忆也会消失。'

"'我也可以。'

"'可以什么？'

"'我也能让人消失。'

"'你没疯吧？'山日皱眉道，'没在开玩笑吧？'

"'你这话是什么意思？'

"'一本正经地说自己能让大活人消失，怎么看都像是精神不正常的人。你应该赶紧去医院看看。'

"'可你也有这种能力啊？'

"'是啊。'

"'那别人也会觉得你有精神病吧？'

"'也许吧。你也这么想吗？'

"'起初并没有，但现在有一点。'

"'我猜也是。但我不介意，一点都不介意。'

"'你怎么能不介意呢？'

"'因为土海马上就要消失了，关于他的记忆也会随之消失啊。这段对话也是关于土海的，所以很快就会消失了。'

"'很快是多快？'

"'很快就是很快。我一直没关注过确切的时间。'

"'打扰了，我可以问你一个问题吗？'我对另一位在休息室里看杂志的同事说道。

"'可以啊。'

"'你觉得土海怎么样？'

"'谁？'

"'土海，就是刚出去的那个男的。'

"'有男的来过？'

"'土海你总归是认识的吧？'

"'不好意思，我不认识。'她继续低头看杂志。

"'看来记忆已经消失了。'

"'记忆消失所需要的时间可能是因人而异的。'

"'那我还要确认一件事。'

"'什么事？'

"'与其说是确认，倒不如说是实验……'我指着刚才那位同事说道，'你给我滚蛋。'

"同事愣了一下，然后面无表情地走出了休息室。

"'这是怎么回事？'山日似乎结结实实地吃了一惊。

"'和你刚才做的一样。'

"山日猛吸一口气。

"'真没想到跟我拥有同一种力量的人就在我身边！'我喜不自禁，连珠炮似的说道。

"山日却发出一声尖叫。

第二集 消除法

"周围的人齐刷刷地望向我们。

"'别过来!'

"'你怎么了,山日?'

"'你叫中村?'

"'对啊。'

"'你是个怪物!'

"这句话来得太突然,我无言以对。

"'你要把我怎么样?'山日惊恐万分。

"'山日,你到底是怎么了?'

"'你问我怎么了?怪物就在我眼前,你让我怎么淡定!'

"'你说我是怪物?'她的反应令我惊愕不已。

"'你能随意抹去别人,不是怪物还能是什么?'

"'除去这种能力,我只是一个普通人啊。'

"'普通人?那我问你,你总共除掉过几个人?'山日颤抖着问道。

"'这我哪儿记得清啊。'

"'记不清?你说你记不清?'

"'是啊。'

"'你抹去的每一个人都有各自的人生。是你抹去了那一切,而且是在毫无敬畏的前提下。'

"'你凭什么说我毫无敬畏?'

"'如果你有一丝敬畏,至少会记得自己除掉过几个人吧!而且我刚才眼睁睁看着你面不改色地除掉了一个活生生的人,怎么看都不像是心怀敬畏的样子!'

"'嗯,我确实会无缘无故让人消失,也不会为此深感内疚。这是上天赋予我的特殊能力,我有权随意使用它。你不这么认为吗?'

"'这太可怕了,中村。'

"'那我倒要问问你,你记得自己除掉了几个人吗,山日?'

"'当然不记得。'

"'那你跟我不是半斤八两吗?'

"'是啊,我是没有人性的怪物。但这并不意味着我可以容忍其他怪物存在。'山日狠狠瞪了我一眼。

"'你也太自私了吧。'

"'是啊,我就是自私。我只关心自己高不高兴。'

"'好吧,那我也不会再跟你有牵扯了。你想做什么就尽管去做吧。'

"'那可不行,你都知道我的存在了。'山日抬手指我。

"我也连忙抬手指她。

"'这不是谁动手更快的问题,'山日说道,'我们都不可能在

一瞬间杀死对方,唯一的结果就是同归于尽。'

"'也许这种能力对同类不起作用。'

"'我是不想尝试了。'山日放下了手。

"'我也不想。'我也放下了手。

"'我们无法共存。'山日如此断言。

"'这就下定论是不是太早了?'

"'我知道自己有多危险,无法容忍身边有同类出没。你应该也有同感。在这种状态下,我时刻都暴露在被人抹去的危险之中。'

"'还是值得为共存努力一下的吧?'

"'不,我才不要努力呢。'

"'那怎么办?硬碰硬的话,肯定是两败俱伤。'

"'你走人就是了。'山日说道。

"我瞪大双眼。

"我是不是遭到攻击了?

"'刚才那句话没用的,因为"走"和"滚"是两个不同的词。'山日急忙说道,'我的意思是,你辞职就行了。'

"'凭什么要我辞职啊?'

"'我已经告诉过你原因了。因为我们无法共存。'

"'那你辞职不就行了。'

安乐侦探

"'事到如今再换工作,我可受不了。'

"'可我也不想辞职啊。'

"'那你要跟我硬拼?'

"'你甘愿冒同归于尽的风险?'

"'与其跟你一直待在同一家公司,我宁可搏一把。'山日瞪着我说道。

"'你是认真的?'

"'当然。'

"'你突然要跟我拼命,我也不知道该怎么回答你啊。'

"'好,我给你三天时间。如果三天过后你还没有要辞职的意思,我就当你向我宣战了。'她撂下这句话,瞪着我走出了休息室。

"这件事发生在三天前。

"这几天,我一直在为这个问题发愁。眼看着时限将至,我忽然想起了您,想起了本市有一位著名的侦探。前些天来公司办心理健康讲座的女咨询师分发的资料上也有您的名字。她说无论在职场遇到什么问题,都能向您求助。"

"您的情况我大致明白了,"老师说道,"那您想委托我做什么?"

"我想请您帮忙查一查,看看山日是在虚张声势,还是有某种胜算。如果她真有胜算,我想知道她具体打算用什么样的方法。"

"查出来以后呢？"

"如果她是虚张声势，我就会继续留在公司，因为我没必要辞职。"

"那要是她真有胜算呢？"

"如果我能查到她的方法，就能和她平起平坐了。到时候我也不必离开公司了。"

"哦，也就是说，无论最后查出来是哪种情况，您都不打算辞职是吧？"

"那是当然。"

"我可以先发表一些坦率的意见吗？"

"当然可以。"

"我们先假设您刚才说的全部属实。"

"不需要假设，我说的就是事实。"

"先把这个判断放一放，"老师淡然道，"假设您的叙述属实，那您就应该辞职。"

"为什么？您不觉得我应该跟她正面对决吗？"

"原因很简单。首先，现阶段我们无法判断敌人是否在虚张声势。换句话说，我们应当假设她不是在虚张声势。而且我们也无从得知她的胜算具体是什么。您应该尽量避免打一场对自己如此不利的仗。"

"所以我才想请您查一查她是不是在虚张声势啊。"

"您想让我面对一个能随意抹去别人的人?这差事我可干不了啊。"

"不,您会去调查的。"

"为什么?"

"您要是不查,我就让您消失。"瞳子窃笑。

"您是在恐吓我吗?"

"是啊。"

"恐吓是犯法的。"

"但您证明不了。"

"好吧。那就让我们再假设一下,如果您的叙述并不符合事实……"老师继续往下说,仿佛瞳子从没胁迫过他。

"我说的就是事实。"

"我只是在假设。假设您的叙述不符合事实,要不要辞职就是您说了算了。"

"既然是我说了算,那我就不辞职。"

"但您要是不辞职的话,在以后的日子恐怕是如坐针毡啊。"

"您凭什么这么说?"

"凭我的推理。"

"可否说来听听?"

第二集 消除法

"当然可以。首先,如果'您有超能力'这一点并不符合事实,那么这意味着什么呢?"

"这是不可能的。"

"太武断可不好。假设我们眼前有一个人,他声称自己有超能力,其实并没有。那么这种现象背后存在哪些可能性呢?"

"他在撒谎。"

"这种可能性确实存在。但您并没有撒谎,不是吗?"

"那是当然,我说的每一句话都是千真万确的。"

"照理说,我们应该先证明这一点,但这次就先省略这个步骤吧。毕竟您是委托人,您最清楚自己并没有撒谎了。超能力是不存在的,可您又没有说谎,那还有其他可能性吗?"

"您是想说我在胡思乱想吗?"

"认定这一切都是您的胡思乱想,确实能把每件事都解释清楚。但要是把这一连串的事情全部归咎于幻想,那未免也太巧了。办公桌的数量在逐渐减少,而办公室的布局也随之做出了调整,不至于显得怪异……这完全超出了幻想的范畴。如果您当时除掉更多的同事,办公室里肯定会变得空荡荡的,看起来很不自然,不是吗?"

瞳子点点头。

"所以才需要把两个部门合并,避免这种不自然的情况。"

安乐侦探

"您到底是什么意思?"

"您被骗了,中村女士,被人骗得晕头转向。这就是奥卡姆剃刀指出的最简单的答案。"

*

"骗我干什么?"

"贵公司有意裁员,但又不能点名解雇某个特定的人。而根据您的证词,同事们都觉得您是个累赘。"

"指名道姓挑我毛病的人就那么一小撮。"

"恐怕是一小撮诚实的人吧。当面责备您的那些人是想引导您说出一个特定的词组——'给我滚蛋'。只要您说出来,对方就会离开你们谈话的地方。其他同事则统一口径,告诉您'公司从没有过这样一个人',并趁您不在时收走那个人的办公桌。"

"这么费尽心思骗我又有什么意义?"

"心不甘情不愿地演这样一场戏确实非常费事。但要是他们都很享受这个过程呢?"

"他们为什么会觉得享受?"

"因为您认定自己有超能力的模样很滑稽,看着很解气。"

"怎么可能?如果他们在骗我,我早该察觉到的。"

第二集 消除法

"他们确实在铤而走险。"

"这话是什么意思?"

"您说您在街上偶遇了桥月的姐妹?"

"是啊,没错。"

"但您原来并不知道她有姐妹。那您是怎么认出对方的呢?"

"因为她们长得一模一样……是同卵双胞胎。"

"那就是桥月本人。在街上与您偶遇时,她在情急之下假装成别人,却让您误以为她是'桥月的同卵双胞胎姐妹',于是她就顺水推舟,利用了这一点。哎呀,她当时肯定吓出了一身冷汗,您却一头栽进了她的谎言中。也难怪他们会演上瘾。"老师用无比羡慕的口吻说道。

"如果事情真的如您所说,那他们究竟打算演到什么时候?"

"计划应该已经进行到了最后阶段。公司里出现了一个和您一样可以让大活人消失不见的人。如果突然出现这样一个人,即便是您恐怕也不会相信。但他们花了很多时间夯实土壤,为您接受超能力的存在创造了充分的条件。"

"也就是说,山日的能力也是演出来的?"

"没错。因为您相信自己的超能力,所以也不得不相信她的超能力。当她发起挑战时,您应该会主动辞职,以免与她硬碰硬。这就是他们的计划。"

"要是我把这件事情抖出去呢？"

"他们大概是觉得没人会相信吧。说实话，除了我，恐怕没有人会把您说的当回事。"

"可我亲眼见证了那些人消失的过程啊。"

"那是在人群之中吧。当时您处于自我暗示的状态下，觉得自己有超能力，所以认定那些混入人群、淡出视野的人是由于您的超能力消失了。而同事在公司的'存在感变弱'这一现象也不过是您的主观印象。"

"那这要怎么解释？"瞳子把手机搋在老师眼前，"这就是明确的物证！这张照片里的人是您的助手，她刚才还在这间屋子里，您却不记得她了不是吗！"

"这确实是明确的物证……能证明她是存在的。"

"什么？"

"她没有消失。她一直在这里。"老师指了指她身后的我。

瞳子回过头来，发出一声尖叫。

"可您刚才不是说您不认识她吗……"

"那是骗您的。"

"骗？"

"只是顺着您的话说罢了。"老师笑眯眯地说道。

"为什么？"

第二集　消除法

"为什么？当然是因为这样更有意思呀。"老师喜滋滋地举起双手。

"我中途有好几次想跟您说话来着，可老师一直给我使眼色，所以我只能默默听着。"我很是愧疚地说道。

"我要报警！告死那群同事！"瞳子似乎燃起了熊熊怒火。

"我不确定这是否构成犯罪。就算您报了警，要是他们说这只是一场玩笑，您也无能为力。"

"那我该怎么办？"瞳子垂头丧气。

"超能力是不存在的，"老师如此断言，"所以您留在公司也不会消失。但您受得了在这样一个地方继续干下去吗？是走是留，都是您的自由，您大可细细斟酌一番。"

"您给不了任何建议吗？"瞳子愕然。

"建议？我的工作是查明真相，怎么做才是正确的又与我何干？哦，我稍后会给您发一张请款单，麻烦您尽快付款。"

第三集

減肥

第三集　减肥

"你觉得太瘦和太胖,哪种情况更丑?"老师突然问道。

"无论胖瘦,都得看程度吧。"我姑且给出一个不痛不痒的回答。

"话是没错,可真是这么回事吗?世上有太瘦的人,也有太胖的人。如果真的如你所说,那努力增肥的人理应和努力减肥的人一样多。但放眼望去,净是些挖空心思减肥的人,却少有想办法增肥的人。"

"那也不至于,应该也有人因为太瘦被医生盯着增肥的。"

"有是有,但电视和杂志的特辑都是关于减肥方法的,从没见过介绍增肥方法的。"

"这大概是因为太胖的人比较多吧?"

"那可不一定。你觉得这种节目的目标受众是哪些人?"

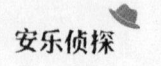

"当然是年轻女性。"

老师点点头:"厚生劳动省的统计结果显示,二十至三十九岁的日本女性是过瘦多于过胖。这在发达国家是非常反常的。"

"可能是日本人的体质比较特殊?"

"放眼亚洲,有这种现象的国家寥寥无几,只有日本、新加坡这几个。再者,如果日本人天生容易过瘦,媒体理应推出更多关于增肥的特辑。年轻的日本女性已经很瘦了,可她们还想变得更瘦。"

"太瘦总比太胖强吧?"

"据说厌食症的死亡率高达 5%~10%。"

"真的吗?但得厌食症的人应该非常少吧。"

"厌食症,准确地说是神经性厌食症,它的症状是一个人的体重已经低于正常体重的 80% 了,却还想继续瘦下去。如果一个身高一百六十厘米的女性想要减到四十五公斤以下,那就算厌食症。"

"瘦成那样确实足够了,但既然已经减到了那个份儿上,想再瘦一点不也是人之常情吗?"

"能否及时刹车,就是决定生死的分水岭。再者,现代日语中有辱骂过胖人群的词语,却没有针对过瘦人群的词语不是吗?"

"此话怎讲?"

"也就是说,没有一个针对过瘦人群的词语能和针对过胖人群的'死胖子'相对应。"

"说'死瘦子'不就行了?"

"听到这个词,你会觉得对方是在骂你吗?"

"不会,大概会觉得人家在夸我吧。"

"瞧瞧,人是不会因为过瘦挨骂的。"

"那'皮包骨头'呢?"

"稍微有点贬义了。但许多人很乐意被人用'皮包骨头'形容不是吗?"

"'骨皮筋右卫门'[1]。"

"早就没人用这种说法了。再往深层次讲,人们将过胖这种现象称为'肥胖',过瘦却没有相应的说法。据说有个专业术语叫'羸瘦',但不太有人知道。还有一个词叫'瘦身',可贬义也不明显。"

"'瘦身术'这种说法还挺常见的,但我从没听说过'肥胖术'。"

"'diet(ダイエット)'这个词原本指的是旨在维持健康的膳食疗法,到了现代日语却变成了'减肥方法'的意思。"

"但偏瘦总比偏胖好看吧?"

---

[1] 调侃骨瘦如柴者的词语。

"在我看来,这就是一种自我印象的错位。把本该最美的体形视作'肥胖',把过瘦的状态视为'美'。而且这种瘦甚至没有最恰当的程度,大家都觉得越瘦就越美。"

"可事实上,瘦的人确实更好看啊。"

"你说的是演艺明星吧?"

"嗯,是啊。"

"他们是特例。他们有办法在过瘦的状态下保持自身的美。可普通人不行,瘦得太厉害,魅力就会直线下降。"

"是吗?"

"一般来说,胖胖的东西能让人产生安全感和幸福感。吉祥物基本都是胖嘟嘟的,刚出生的人类和动物也一样。而太瘦的人会让观者产生焦虑和不快。死神总以骷髅的形象示人,这正是因为过瘦的身体能让人联想到死亡。"

"这么说也太夸张了吧。"

"哪里夸张了?你没见过那张神似木乃伊的女人看着镜中的自己无比陶醉的照片吗?"

"那不是 CG(电脑图像)吗?真瘦成那样,怕是站着都吃力。"

"那张照片是真的。她们认定自己还是很胖,如果能再瘦一点的话会更好看。换句话说,她们的自我印象标准完全错位了。你要真看到那样快要饿死的人,肯定也会觉得恶心的。"

第三集 减肥

"这倒是，我很少会因为看到一个体形偏胖的人觉得不舒服。"

就在这时，门铃声打断了我们的对话。

"请进。"老师应了一声。

委托人进屋时，我差点以为老师能未卜先知，不然怎会谈起那样的话题。

那人似乎连站着都觉得吃力，迈着蹒跚的步子穿过房间，一屁股瘫坐在沙发上。

见她虚弱无力，喘得上气不接下气，我顿感胃里翻江倒海。

"没事吧？"我强忍着恶心的感觉问道。

"不要紧，就是有点头晕。"

"要不要给您拿杯冰果汁什么的？"

"别！！"她一声惊呼，"现在端果汁过来，我肯定会喝的！！"

"喝了会有什么问题吗？"

"会啊，因为果汁里有糖。"

老师两眼放光，似乎是被这句话激起了好奇心。"您不能吃糖？"

"嗯，因为减肥最忌讳吃糖了。"

"您在减肥啊？"老师似是越问越起劲了。

"嗯，我这不是有点胖嘛。"

安乐侦探

"啊?!"我不禁喊出了声。

老师瞪了我一眼。

言外之意是什么都别说。

我只得把到嘴边的话生生咽进肚里。

"不好意思,能给我一杯水或茶吗?"委托人用嘶哑的声音说道。

我给了她一杯加冰的水。

"那就请您介绍一下自己的情况和来意吧。"老师说道。

"我叫户山弹美,今天来是想请您帮忙调查一件事。是咨询师介绍我过来的。"

"您想调查什么?"

"我怀疑有人给我下了某种奇怪的药。"

"此话怎讲?"

"我明明什么都没吃,却一天比一天胖了。肯定有人给我下了某种增肥药。"

"哦……听起来很有意思。"老师似乎在憋笑。

"确实有增肥药吧?"委托人抛出了心中的疑问。

"是有好几种药物可以增进食欲。"老师说道。

"我说的不是这种,而是让人喝水都会胖的药。"

"喝水?"

"嗯，光喝水也会越来越胖的那种。"

"嗯……"老师用诡异的目光打量着弹美的身子，"也有好几种药物会诱发水肿。"

"水肿就是喝水也会胖的意思吗？"

老师别过头去，似乎是为了不让她看到自己在笑。"嗯，确实有可能出现您说的情况。"

"啊……我果然没猜错……"弹美好像立刻接受了这种说法，"那这类药物可以下在自来水里吗？"

"自来水？您住的是公寓还是独栋房？"

"公寓。"

"那就得下在公寓的水箱里，而且用量必须够大，这样才能达到一定的浓度。"

"也就是说，水里被下了相当多的药？"

"但如果真是这样的话，公寓的全体居民应该都会受到影响。有这方面的迹象吗？"

"如果是这样的话，影响肯定是有的。"

"有吗？"老师瞠目结舌。

"嗯，肯定有。"

"您这么肯定，是有什么依据吗？"

"嗯，当然有。"

"有吗?!"我也瞠目结舌。

"我明明只喝了水,却变成了这样。"

"呃……"老师挠了挠头,"那其他人呢?"

"其他人?"

"公寓的其他居民。正如我刚才所说,如果有人在水箱下了药,那全体居民应该都会受影响。"

"啊?!所有人都被影响了!太可怕了!"弹美瑟瑟发抖,牙关直响。

"呃,我是在问您有没有发现这方面的影响……"

"啊?!我还得调查这个?我还以为调查是侦探的工作呢。"

"您当然不必特意调查。我只是想顺便了解一下,如果您知道的话。"

"哦……"弹美沉思片刻,"这么说起来,我们公寓确实有胖子。应该就住在我下面那层。还有个经常在电梯里碰见的人,但我不知道他住几楼。"

"哦……"老师甚至没做笔记,"请您忘记'自来水可能被人下了药'这件事吧。可以排除这个可能性。"

"是吗?"

"是的。"

"那您为什么要提啊?"

"因为您提到了自来水被人下药的可能性。"

"我?"

"是的。"

"是我提的?"

"没错。"

"好吧,都是我的错。"弹美低下了头。

"不,这不是任何人的错。我们所面对的不是这种性质的问题。"

"不是吗?"

"不是。"

"那原因究竟是什么呢?"

我险些脱口而出——"是您的精神状态啊。"

"我们可以慢慢探讨,"老师说道,"呃……您是从什么时候开始注意到身体状况出现了变化?"

"大概上个月吧,我意识到自己胖了一点。因为我经常减肥,对减肥本身也很感兴趣,所以尝试过各种各样的减肥方法。洋葱减肥法、薤头减肥法、芦笋减肥法、莲藕减肥法、秋葵减肥法、拉面减肥法……"

"啊,不好意思,请问把这些减肥方法都列出来有什么意义吗?"

安乐侦探

"意义?"

"我的意思是,它们与调查有关吗?"

"有没有关系难道不该由侦探来判断吗?委托人自己筛选信息怎么行。"

"哦,这倒是……好吧,那就请您报一下其余的几种方法。"

"那我接着报了。打扫卫生减肥法、足底穴位减肥法、瑜伽减肥法、拉伸减肥法、记录减肥法、香薰减肥法、锗减肥法……"她的列举持续了几分钟之久,"……脂肪团减肥法、拳击减肥法和超级吗哪[1]减肥法。"

"报完了?"

"完了。"

"您尝试过这么多种减肥方法啊。"

"嗯,我是圈内小有名气的减肥发烧友。博客每天都有几百人次的点击量,还有出版社联系我,说是有意出版我的博客文章。所以我现在是无论如何都不能发胖的。"

哦,原来这关系到她能不能出书。

"我对减肥是一窍不通,但我有几个问题,"老师似乎在尽力

---

[1]《圣经》中的天赐食物,是一种如白霜的小圆食物,形状像芫荽籽,味道像蜜糕。为以色列人从埃及至迦南地在旷野的四十年中,耶和华赐给他们的粮食。

表现出很感兴趣的样子,"比如您刚才提到的'锗减肥法'是怎么回事?锗是那种碳族元素吗?"

"锗就是锗。您不知道吗?用它泡澡或者直接服下,有助于缓解疲劳,促进新陈代谢,还能治疗癌症。"

"锗怎么会有益于健康呢?"

"您不知道?这可是常识。"

"你知道锗对身体好这件事吗?"老师轻声问我。

"哦,那都是骗人的。锗对人体反而有害……要告诉委托人吗?"我也低声回答。

"哦,那倒没必要,除非和此次的委托内容有关。"

"我都听见了!"弹美说道,"她什么都不懂,锗真的很有用!"

"好,"老师和蔼可亲地回答道,"她大概是有什么误会,我回头再好好跟她解释。那'超级吗哪'又是什么?"

"摩西出埃及的时候,上帝赐予摩西的物质。有人根据传说推测它是一种类似面包的食物,但这种观点是错误的,吗哪并不是食物。"

"不是食物,那是什么?"

"它能在通过人体的过程中为身体注入能量。只要吃了它,哪怕不吃任何食物,也能活好几年。您可以参考我的博客,上面有更详细的介绍……"

"你听说过超级吗哪吗?"老师轻声问我。

弹美死死地盯着我。

"好像又被人家听见了。"

"没关系,你就说你知不知道。"

"闻所未闻。但《圣经·旧约》里确实提到过吗哪。有人说是苹果,有人说是蘑菇。"

"我都听见了。但这两种说法……"

"都不对。"老师说道,"我明白您的意思,回头会好好跟她解释的。总之,您尝试过各种各样的减肥方法。请您接着往下说。"

"事情要从上个月说起。当时我整整三天没吃东西,体重却略有增加。"

"您确定?"

"嗯,没摄入一点食物。"

"我问的不是这个,而是体重。体重真的增加了吗?"

"明显增加了。"

"重了几公斤?"

"我不关心公斤不公斤的。"

"您不是说您的体重增加了吗?"

"是啊。"

"那您肯定是测量过的吧?"

"对。"

"是用体重秤测量的吧?"

"不是。"

"您测量了体重,但没用体重秤?"

"对。"

"也就是说,您用的不是体重秤,而是普通的称重装置?"

"不是啊。"

"那您怎么知道自己重了几公斤呢?"

"我不是说了吗?我不关心公斤不公斤的。"

"呃……您不会是想说,您用的不是公斤,而是磅、贯之类的其他单位?"

"我根本不知道这些单位。"

"一磅约等于四百五十四克,一贯等于三点七五公斤。"

"怎么会有这种带零头的单位啊?"

"呃,那是因为换算成了公斤。如果以磅为标准的话,公斤就有零头了。"

"以四百五十四克这种零零碎碎的重量为标准简直莫名其妙。"

"不不不,这就是换算成哪一种单位的问题……呃,您当我没说,就按公斤算,没问题。"

"我都说了,我不关心什么公斤不公斤的。"

"您不关心什么公斤不公斤的,却知道自己变重了?"

"对。"

"而且您既没有用体重秤,也没有用其他的称重装置?"

"对。"

"那您是用什么来测量体重的呢?"

"镜子。"

"哦……"老师转向我问道,"这年头的镜子都有测量体重的功能了?"

"天知道,反正我是没听说过。"我如实回答。

"户山女士,不瞒您说,我们不太了解用镜子测量体重的方法。可否请您教教我们?"老师问弹美。

"简单得很。照一照自己的全身——最好什么都别穿,但穿着衣服也没关系——再根据印象判定体重就行了。"

"也就是说,您的依据是'看上去的感觉'?"

"是的。"

"这就是您判断自己体重有所增加的方法?"

"是的。"

"可这也太不准确了吧?"

"您怎么会这么想?您是先入为主了,认定体重秤才是最准的。"

"呃,正规商店卖的体重秤基本都是准的吧?"

第三集 减肥

"那只是因为体重秤给出的结果是以公斤为单位的数字,所以您才产生了它更准的错觉。数字跟体重本身是两码事。"

"您是在跟我探讨哲学问题吗?"

"这不是什么很难理解的东西,说白了就是数字并不是本质性的。四十公斤的人就一定很瘦,八十公斤的人就一定很胖吗?如果某个人明明很瘦,只是体内有一块四十公斤重的铁块,那只要显示出来的公斤数是大的,他就是胖子了?"

"这个例子未免太极端了,哪儿有体内有四十公斤铁块的人?"

"我之所以举这个极端的例子,是因为它更容易理解。哪怕两个人都是六十公斤,脂肪多的人和肌肉多的人也会呈现出截然不同的体形。"

"所以最近的体重秤还能测体脂率不是吗?"

"很多东西是没法光靠体脂率把握的。体温、血压和脉搏什么的也是可以测量和量化的指标,但只能通过验血把握的东西有的是。"

"这话倒是没错。"

"只有综合评估这无限多的指标,才能判断出一个人胖不胖。"

"可这是无法轻易做出判断的吧?"

"不,人类的大脑功能强大,能在一瞬间综合判断这些数值。"

"是吗?"

"是的。所以只要看一眼身形,就能立刻判断出一个人相较于标准身材是太胖还是太瘦了。"

"您的意思是?"

"如果照镜子时觉得自己'很胖',那就是太胖了;觉得自己'很瘦',那就是太瘦了。我们应该相信由外观产生的印象,绝不能被体重秤显示出来的数字迷惑。"

"哦。那您看我怎么样?是胖是瘦?"

"偏瘦吧。"

"那她呢?"

"还算标准吧,硬要说的话,大概算丰满型的。我觉得二位的状态都很健康。"

"哦,看来对他人的印象与实际情况并没有太大的偏差……"老师喃喃道。

弹美毫无反应,也不知道她是没听见,还是直接无视了。

"那您自己呢?您的状态健康吗?"

"勉强还算健康,只是比那位女士略胖一些,算是微胖型吧。"

她的认知显然是扭曲的。照理说应该立即建议她看精神科或心身医学科,但老师似乎想从侦探的角度解决她的问题,陷入了沉思。

"哦……您算微胖型……但您要是能保持下去的话,应该也没什么大碍吧?"

"保持现状怎么行!我已经一个多月没吃过食物了,却一天比一天胖了!再这么下去就成胖子了!"

"您都一个月没吃过食物了?"

"是啊。"

"那照理说……您应该处于濒临饿死的状态啊……"

"照理说是的,可我却是您看到的这副样子。"

"我看您进屋的时候脚步不太稳,您自己能感觉到吗?"

"怎么净问这些?您是在拿我寻开心吗?"

"不,我只是想确认一下您对自己的身体状况了解多少。"

"我昨天晚上睡得太迟了,有点睡眠不足,所以才晕晕乎乎的。"

"假设……我是说假设,如果有个人整整一个月没吃过食物,那他走路摇摇晃晃也就不足为奇了吧?"

"那是自然。不过照理说,那人应该变得骨瘦如柴了。"弹美面不改色道。

"我能提一个问题吗?"我问道。

"什么问题?"

"可否请您把我们两个人和您自己画出来?"

"可以是可以,可这有什么意义?"

安乐侦探

"哦,这也许是个好主意,"老师说道,"户山女士,这是一个小小的实验。据说……描画人物有助于暂时提升观察力,让人更容易想起重要的事实。"

"真的吗?"她半信半疑地在我递过去的白纸上画出了三个人的模样。

她笔下的老师和我与实际情况基本相符,她自己的模样却与事实大不相同,看起来比我们略胖一点。

我明白了。如果这就是她的自我印象,那她毫无紧迫感也是情有可原的。她根本没有意识到生命危险已近在眼前。

这果然不是我们能插手的问题。

我正要开口,望向老师,却见他对我使了个眼色,示意我别多嘴。

我完全想象不出老师打算如何解决这个问题,但决定先交给他看看。

"怎么样?还有问题吗?"弹美显得很不服气。

"当然没有,"老师笑着说道,一副喜不自禁的样子,"下面轮到我们露一手了。能否请您再详细讲讲出现在您身上的现象?"

"我已经把我知道的都说了,没法再详细了。"

"您之前分享的都是主观的信息,但我想了解更多的客观信息。"

"您是让我叫个熟人过来?"

"不需要这么麻烦。我就想知道周围人对待您的态度。只说您知道的就行。"

"您让我说周围人的态度,我也……"

"公司同事有什么反应?"

"这几个月我请了长假,所以不知道同事有什么反应。"

"为什么请长假?"

"当然是为了专心减肥。"

"为减肥请长假?公司是什么反应啊?"

"我都说了,我最近没去上班,所以不清楚。"

"呃,我是想问您请长假的时候,上司是什么反应。"

"这……"

"比如他露出了什么样的表情?"

"我是打电话说的,所以不太清楚。"

"您打电话跟公司请了长假?"

"因为我是突然想到要请长假的啊,事不宜迟嘛。"

"这倒是。那对方是什么反应?"

"反应?"

"您说要请长假以后,对方是怎么回答的?"

"哦……他说了些难懂的话,我就把电话挂了。"

"啊？那您会不会没征得上司的许可啊？"

"许可？不管他们说什么，我都是要请假的，许不许可又有什么关系。我想马上集中精力减肥，而不是花时间扯这些琐事。"

"哦，我明白了。您是在想到减肥的那一刻就进入了全神贯注的状态。而公司妨碍了您减肥，所以您主动和它断了关系。"

"不，我没有切断和公司的关系。我还挺喜欢那家公司的，打算等减肥结束了再回去上班。"

"那也得看公司答不答应吧？"

"公司没让我走，是我主动请的长假，所以公司没理由辞退我。因此只要我提出回去上班，就能立刻回去。"弹美如此断言。

好可怕的自信。然而自信之强，正体现出了妄念之强。

"哦，也是。"老师爽快地接受了弹美的说辞。

我瞪大眼睛，盯着老师。

"公司之外的朋友呢？"

"我刻意不交朋友。"

"因为人际关系太麻烦了？"

"没错。而且人际关系什么的也没法帮我减肥。"

"您说得对。话说您有没有经常交谈的人？算不上朋友也没关系，比如经常去买东西的商店的老板或者店员。"

"哦，我家公寓门口有家便利店，我对那个店长的印象不太

第三集 减肥

好,因为他接待客人的时候从来不正眼看对方的脸。"

"您去便利店的时候,他是什么态度?"

"他总是假装没在看我,但我当然能注意到他在偷偷瞟我。我把东西放在收银台上的时候,他也不看我的眼睛,只是一门心思扫条形码,告诉我多少钱。我付了钱,他就会把零钱找给我。"

"在结账的过程中,他一直都不看您的脸?"

"是的。"

"结完账以后,便利店的其他店员是什么反应?"

"我一走出去,他们就开始窃窃私语。我们大多数人小时候都被大人教育过,知道在背后议论别人不好。可那些店员竟然堂而皇之地说我的坏话,简直毫无顾忌。"

"他们说您什么了?"

"这我就不知道了,因为他们议论的时候,我已经走出去了。"

"那您怎么知道他们是在说坏话呢?"

"他们有没有干这种卑劣无耻的事情,我一看就知道了,都在脸上写着呢。"

"也就是说,您并没有证据。"

"有啊,我的直觉就是证据。"

"哦。那其他人呢?"

"我经常在公寓里碰到一对母子。妈妈看着比我年轻十岁左右,孩子还躺在婴儿车里。那位妈妈刚生过孩子,身材却很苗条,她似乎也以此为傲。"

"见到那对母子的时候,您会做什么?"

"不做什么,跟那样一对母子打交道又没什么好处。"

"也就是说,您会无视他们。"

"我没有无视他们啊。"

"那是?"

"我只是会避免跟他们接触罢了。"

"那他们看到您的时候有什么反应?"

"起初还会点头示意,但渐渐地就没反应了。最近已经完全不理我了,碰到了也假装没看到我。"

"您恐怕成了公寓居民之中的禁忌。"

"什么意思?"

"大家都当您不存在。公寓里形成了一条不成文的规则——当您不存在。"

"他们为什么要这么刁难我啊?"

"这不是刁难,而是自卫措施。"

"我怎么越听越晕了。"

"关于这件事,我稍后再跟您详细解释。当务之急是弄清楚发生在您身上的事,"老师巧妙地糊弄过去,"除了那对母子,还有什么人是您经常见到的吗?"

"在公寓里见得多的就是他们。"

"不需要局限于公寓居民。"

"没了,便利店的店员刚才已经说过了。"

"不是熟人朋友也没关系,只要是认识的就可以。"

"我都说了,没别的了。"弹美摇了摇头。

"上门收费的人呢?"

"我家的各项费用基本都是从银行扣款的,没人上门收费。"

"有没有推销员来?"

"公寓有智能门禁系统,除了访客,没人进得来,所以也不会有推销员上门。"

"快递呢?"

"哦,快递还是进得来的。"

"快递员您应该认识吧?"

"硬要说的话,大概算认识吧……"

"有没有哪个快递员给您留下了深刻印象?"

"印象?谁会去关注快递员啊!"

"再小的细节也没关系。"

"他们都把帽子压得很低,还戴着口罩,脸都被遮住了,体格也都差不多……"

"请等一下，口罩是什么意思？"

"为了预防感冒遮住口鼻的东西。"

"我问的不是口罩这个词的意思。您说快递员戴着口罩？"

"是啊，最近的快递员不是都戴着吗？是不是为了防止传染病什么的而新出了条例啊？"

"你知道吗？我不太关心这些，最近有出这种规定吗？"老师问我。

"没有，确实有快递员戴口罩，但不戴的人更多。"

"哦……"老师沉吟道。

"难道是来我家的快递员都戴着口罩？他们是故意让我不痛快吗？"

"不能完全排除这个可能性，但我认为事实恐怕并非如此。"

"什么意思？"

"请不要急于下结论，我们需要更多的信息。您有没有和快递员发生过纠纷？最近刚发生的事情也行。"

"嗯……啊，这么说起来……"

"有吗？"

"前一阵子，有个包裹一直没送来，我上网查了查配送状态，居然是'已送达'。"

"会不会是您忘了取件？"

第三集 减肥

"绝对不可能。"

"然后呢？您是怎么做的？"

"我给快递公司打了电话。他们告诉我包裹确实已经送到了，而且收件人是签了字的。所以我撂下一句话，让他们立刻叫负责的快递员来见我。"

"那个快递员来了吗？"

"过了好一会儿才来。"

"他怎么说？"

"左一句对不起，右一句对不起，一个劲地道歉。"

"那包裹已送达是怎么回事？"

"他说是他搞错了。"

"他把帽子压得很低，还戴着口罩是吧？"

"是的。"

"第一次给快递公司打电话的时候，您有没有发现什么不对劲的地方？"

"没什么特别不对劲的，就是对方反复确认我家的地址，也不知道是记性不好，还是耳朵不灵光，搞得我很恼火。"

"您还记得那个包裹里装着什么吗？"

"记得。"

"是食物吗？"

"不是，是减肥用品。"

老师突然陷入了沉默。

"怎么了？"弹美问道。

"老师好像找到了某种线索。"我如此回答。

"从我刚才说的话里？"

"应该是的。"

"哪一段啊？"弹美好奇地问道。

"这……大概是关于快递的那部分吧？"

"关于快递的哪部分？"

"我也不清楚。"

"我能减肥成功吗？"

我毛骨悚然地打量着弹美的身体。"这……我也不好说……"

"要是减不了肥，我这趟就白跑了。老师能帮我解决问题吧？"

"在我个人看来……"

"嗯？"

"您应该是可以减肥成功的，但也许不该来我们这儿，还是去别处为好。"

"啊？这话是什么意思？你们解决不了吗？！"

"喂喂，"老师开口说道，"你可别胡说八道。问题是可以解决的。准确地说，问题其实已经解决了。所有的谜团都已经解开了。

而且我相信,户山女士十有八九是可以减肥成功的。"

*

"户山女士,您说您的减肥博客点击量很高,而且马上就要出版成书了?"

"哎呀,出书的事情还没敲定呢。"

但要是看到弹美现在这副样子,编辑是绝对不会点头的。

"所以我们可以认为,您在博客上写的东西非常有影响力?"

"是的。当然,我不认为它会对那些普及度很高的减肥方法产生多大的影响,但有人告诉我,我在博客中的介绍会影响新开业的健身房、新上市的减肥食品和减肥器具的销售额。"

"比方说,如果有两种非常相似的产品互为竞争关系,而您断言其中一种产品是有效的,我们是不是可以认为另一种产品的销售额会相应下降?"

"我不确定影响力有没有那么大。"

"但有人这么想也不稀奇,不是吗?"

"嗯,也许真有人这么想吧。"

"那就让我们假设有这样一个人存在。他是卖减肥产品的。一天,他看了您的博客,发现您在试用其竞争对手的产品。他完全有可能认定，如果您对那款产品给出好评，自家的产品就会处于不利地位，不是吗？"

"确实有这个可能性。"

"假设那个人想以某种方式干扰竞争对手的宣传，他可以做些什么呢？"

"比如找人炮轰我的博客，让我信誉扫地？"

"这也是一个办法，但这样只能防止竞品收获人气，自己却捞不到什么好处。"

"盗我的号发一篇虚假博文，说那款产品没有效果呢？"

"这招听起来很有效。但博主不会立刻发现吗？"

"肯定会的，我每天至少更新两次，估计他要不了半天就暴露了。"

"到时候，您这位正牌博主肯定会发文澄清，说自己之前被盗号了。于是大家就会知道之前发的文章是假的，这样会适得其反。"

"那我实在想不出更好的办法了。"

"还有一个更简单的方法：让您亲自发文说那款产品没用就行了。"

"那怎么可能？"

"您凭什么断定这不可能呢？"

"因为我不会屈服于威胁。而且也没人威胁我啊。"

"除了威胁，总还有别的法子吧？"

弹美思索了片刻。"我想不出来。"

"但罪犯确实让您写出了他想要的博文。"

"什么意思？您是说我被操纵了吗？"

"从某种角度看，确实是的。"

"我写的都是真的。"

"在您看来确实是这样，"老师平静地说道，"您正在试用哪款产品？"

"超级吗哪。"

"您在博文里写了超级吗哪有减肥的效果？"

"怎么会啊！我不是说了吗，我这一个月没有吃一点食物，却越来越胖了。超级吗哪对减肥没有任何帮助，反而会让人发胖。我在博文里也是这么写的。"

"瞧瞧，正中罪犯下怀。"

"可超级吗哪确实没效果啊，我并没有被操纵。"

"如果超级吗哪本身是有效的，只是您受了误导，误以为它没用呢？"

"怎么可能。"

"您凭什么下定论？"

"因为我没瘦啊，照照镜子就一清二楚了。"

"没错。您很胖。可我要是告诉您,超级吗哪是有减肥效果的,您信吗?"

"我才不信呢。"

"但是有一种方法,"老师斩钉截铁道,"可以在超级吗哪有减肥效果的前提下让您发胖。"

"什么方法?"

"让您使用另一种产品,假装那是超级吗哪。"

"那就更不可能了,因为产品是厂商用快递直接寄给我的。就算罪犯寄冒牌货给我,我也一定会发现的,因为真货也会寄到。"

"这个问题是有办法解决的。再说了,如果您这段时间只用了真正的超级吗哪,情况也不会发展成这样了。"

"什么意思?"

"您说您已经一个月没有吃过食物了,对吧?"

"是的。当然,水还是喝的。"

"那么,您有没有摄入过食物以外的东西?"老师严肃地问道。

"呃,肯定没有吧。"我条件反射般地插嘴道。

"当然有。"弹美用理所当然的口气回答。

"啊?! 有吗?"我惊愕不已。

"但我确实没'吃'啊,因为那不是食物,摄入了也不算'吃'。"

"这讲得通吗?"我瞠目结舌。

第三集 减肥

"不管讲不讲得通,人家就是这么想的,一点办法也没有。"老师说道,"如果超级吗哪不是食物,那就意味着您已经绝食了一个月,前提是您摄入的确实是真正的超级吗哪。可如果您摄入的超级吗哪是假的,而且是某种高热量的食物呢?"

"不会吧……"

"请您回忆一下,您摄入的超级吗哪是不是长得很像某种食物?"

"这么说起来,那些超级吗哪圆圆的、厚厚的,表面有一些形似香肠、肉块的东西,尝起来有奶酪的味道……形状和味道都跟冷冻比萨一模一样。"

"那就是冷冻比萨啊!"我不禁喊道。

"难道……"弹美愕然。

"就是这么回事。"老师平静地说道。

"那……我是每天吃了二十个冷冻比萨啊……"弹美说道。

"二十个!!"饶是老师也难掩心中的震撼。

"因为说明书上说每天吃一整箱才有效啊。"

"您吃的时候就没觉得不对劲吗?"我如实道出心中的疑惑。

"因为是冷冻的,我以为超级吗哪就是那样的啊……而且我也没吃过超级吗哪……"

"'吃'?超级吗哪明明不是食物。"

"那是口误。准确地说是'摄入'，"弹美依然嘴硬，"可超级吗哪是怎么被换成冷冻比萨的呢？"

"听完您和快递员的纠纷，我就意识到了问题所在。来您家的快递员是冒牌货。"

"也就是说，冒牌快递员把冒牌超级吗哪送到了我家？那真的超级吗哪上哪儿去了？"

"被寄到了另一个地址。"

"可我给厂商留的地址是对的啊。"

"没错，厂商应该也是按正确的地址发货的。但快递员把包裹送去了别处。"

"啊……罪犯是不是申请了转寄？"

老师点点头："只要提交转寄申请，快递公司就会在一段时间内自动将货物从旧地址转寄到新地址。"

"可我没搬家啊。"

"肯定是罪犯擅自申请的。"老师说道。

"可以冒充别人申请吗？"我问道。

"真有心的话还是可以的。只是这样一来，受害者就收不到包裹了，所以瞒不了多久。而且一旦暴露，警方能立刻查到罪犯的地址，所以一般不这么干。"

"可我能正常收到包裹啊。"弹美说道。

"您回家以后可以仔细检查一下那些包裹。您看到的运单下面应该还贴着一张运单。"

"这么说起来……我确实纳闷为什么最近的包裹都贴着两层运单,可上面的地址没错啊。"

"您只要仔细观察,就会发现上面那层运单上的'502室'被改成了'602室'。"

"什么意思?"

"罪犯租了502室,然后以您的名义提交了虚假的转寄申请,谎称您从602室搬到了502室。超级吗哪的厂商应该有固定合作的快递公司,但罪犯恐怕向所有的主流快递公司提交了申请,以防万一。于是寄给您的所有快递都会先贴上印有'602室'的运单,再贴一层印有'502室'的运单,被转寄到罪犯的住处。"

"不对啊,所有快递都正常寄到我家了。"

"不,那是罪犯亲自送上门的。"

"亲自送的?!"

"您就住在他楼上,他只需要把运单上的地址改成602室,往上搬一层就行了。"

"可来我家的快递员都穿着制服啊。"

"他肯定是想办法搞到了正规制服,要么就是弄了几身冒牌制服。"

"他准备了所有快递公司的制服?"

"大公司就那么几家,也不是完全不可能。"

"每家公司的快递都是一个人送的?"

"所以他才把帽子压得很低,而且戴着口罩。"

"我的快递都被他调包了?"

"不,他应该只对超级吗哪的包裹动了手脚,其他的原封不动送来。"

"老师,这只是您的推测吗?还是说,您说这话是有依据的?"我问道。

"我有依据。户山女士不是说,她有个包裹晚到了吗?"

"嗯。"

"罪犯收到了包裹,但不知为何没有把它及时送到,于是户山女士以为包裹晚到了,联系了快递公司。户山女士,您刚才说快递公司反复确认了您家的地址,搞得您很恼火对吧?"

"对。"

"这是因为转寄地址和您家的地址只有一丁点微妙的差异。如果两个地址完全不同,您肯定会察觉出异样,但由于两者几乎相同,您误以为是对方没听清楚。接到您的投诉后,快递公司派快递员去罪犯的住处了解情况。想必罪犯在这个时候察觉到了自己的疏忽。于是他找借口把真正的快递员糊弄过去,再急急忙忙把包裹送去您家。万一您起了疑心,再次联系快递公司,就会发现两边根本是鸡同鸭讲。到时候,饶是您再迟钝也会察觉到转寄的玄机。为了避免这种情况发生,罪犯只得拼命道歉,盼着您消气。"

"竟然有人做这种手脚……"弹美似是觉得整件事都令人作呕,抬手抱头。

"您没事吧?"我关切地问道。

"嗯,就是有点震惊。没想到寄给我的包裹都被人看过了……"

"罪犯应该没有看过您包裹里的东西。当然,超级吗哪的包裹除外。他极有可能用冷冻比萨替换了真正的超级吗哪。"

"我该怎么办啊?"

"先联系快递公司,请他们停止转寄包裹。然后,如果您想让罪犯接受制裁,那就联系警方。千万不要单独找上门去。我不认为那人有多危险,但狗急了也会跳墙嘛。"

弹美无力地靠向沙发背。

"咚!"只听见一记闷响,沙发的后脚断了。

"承受不住她的体重了啊……"老师轻轻咂嘴。

我想把弹美扶起来,却无论如何都抬不动。

也难怪。我敢肯定,她的体重直逼二百公斤。

安乐侦探

在老师的帮助下,我们好不容易才把她扶起来。

"怎么样?要叫救护车吗?"我问道。

"不用……我自己能回去……"弹美晃晃悠悠地走出事务所,一副随时都有可能倒地不起的样子。

她每走一步,地板都会发出"嘎吱"的声响,哪怕塌陷了都不奇怪。

弹美走后,老师幽幽道:"我收回之前说过的话。胖过了头,看着也不是很愉快。"

第四集

食材

第四集 食材

"好大的暴风雨啊。"老师盯着窗外咕哝。

"这是几号台风来着?"我对这个话题不太感兴趣,却还是顺着老师的话往下说。

"错了。"

"问题的哪个部分错了?"

"你说这是台风。"

"这不是台风吗?"

"不是。"

"可昨天的天气预报说有台风在往这边来。"

"确实是这么说的。"

"所以这就是台风啊。"

"不,这已经不是台风了,而是由台风演变而来的东西。"

"什么东西?"

"温带气旋。"

我望向窗外。

只见狂风呼啸,雨伞、招牌、塑料布、路锥之类的东西漫天飞舞。

"这风速怎么看都不止十七米每秒啊。"

"嗯,最大瞬时风速可能有四十米每秒以上。"

"根据定义,这不就是台风吗?"

"台风可不光是用风速定义的。"

"这我倒是头一回听说。"

"你有没有听说过'炸弹气旋'?"

"听是听说过,但那是个气象厅从来不用的气象术语吧。"

"对,气象厅不用,但媒体经常用。你知道这是为什么吗?"

"不知道。"我决定立即缴械投降,以避免无谓的拉锯。

"因为它用着方便。这种气象伴有狂风暴雨,但我们不能称之为'台风',因为它不符合台风的定义。按日本气象厅的说法,这叫'快速发展的气旋',但这个说法缺乏冲击力,听着没有紧迫感。于是媒体就把海外研究人员使用的'bomb cyclone'一词翻译成了'炸弹气旋',用于日常报道。这个词听起来就有非同小可的感觉了,不是吗?"

"那台风和炸弹气旋有什么区别?"

"形成机制不一样。台风是一种热带气旋,而炸弹气旋是一种温带气旋。热带气旋的能量源是形成于温暖海面的上升气流,而温带气旋从冷暖空气交汇处的气温差获取能量。"

"也就是说,如果只是台风的风力减弱了,那就是热带气旋;如果撞上了冷空气,通过温差获取了能量,就成了温带气旋?"

"你理解得还挺快。"

"所以我们现在遇到的是由台风演变而来的炸弹气旋是吧?"

"不是。"

毕竟我面对的是老师,事态朝这个方向发展完全在我的预料之中。可即便如此,我还是相当烦躁。

"那是什么?"

"如果要给它起名字,那也该是'温带气旋'。要么就干脆说成'暴风雨'。"

"哪怕最大瞬时风速超过四十米每秒?"

"台风的定义包括风速,但炸弹气旋的定义不包括风速。"

"那怎么样才算炸弹气旋?看降雨量什么的吗?"

"关键在于气压的变化。如果气压每小时下降一百帕的状态持

安乐侦探

续十二小时以上,那就是炸弹气旋[1]。"

"您的意思是,这个气旋还是台风的时候,气压就已经充分下降了,然后才变成了温带气旋,所以它不符合炸弹气旋的定义?"

"了不起,学得真快。那就试着把你刚才的问题改成更准确的说法吧!"

"这是'原来的'几号台风来着?"我耐着性子问道。

"我哪儿知道。我对台风没什么兴趣。"

算了。要是为这种事情动气,这差事就没法干了。

我深吸一口气,以保持内心的平静。

激烈的敲门声传来。

"好像有人来了。"

"嗯。可为什么不按门铃呢?"

老师打开门禁摄像头。

画面中出现了四十岁上下的一男一女。他们衣着整齐,但全身都湿透了。两人都面无血色,女的好像在哭。

"他们看起来非常慌乱,尤其是那位男士。他们大概是没看到门铃,所以才直接敲门了。照理说,来客应该会去找门铃按钮的,但他们由于慌乱过度没能找到。"老师打开扬声器,"请稍等,这

---

[1]目前各国通用的定义是气旋中心气压在二十四小时内降低二十四百帕以上。

就开门。"

"那就帮我去玄关接一下人吧。"老师对我说道。

在开门的那一刹那,两人冲了进来。

"侦探在哪里?!"男的抓住我的肩膀使劲摇晃。

"在……在后面的办公室。"

两人急忙冲了过去。

我也快步跟上。

"千里……请您帮忙找找我们的女儿千里!"男的喊道。

"啊……呜……那孩子她……呜……"女的哭倒在地。

"呃……出什么事了?别着急,慢慢说。"

女的号啕大哭。

男的手足无措。

"二位可是夫妻关系?"老师用平静的口吻问道。

"啊,是的。"

老师命令我:"你把太太送去会客室休息一下。"

那位女士慌得一塌糊涂,我好不容易才把她安抚好,带去另一个房间。

我把她扶上沙发。也许是之前过于亢奋,她一坐下来便全身绵软无力。

她可能是晕过去了。不过要是她这个时候闹起来,我也不好

安乐侦探

处理,所以我决定让她先睡一会儿,于是我回到了办公室。

"再深呼吸一次。您不把事情说清楚,我们也帮不上忙。二位为何要来找我?"

"我们正好看到眼前挂着知名侦探事务所的招牌,就抱着抓住救命稻草的念头冲了进来。"

"也就是说,二位是为急事而来?"

"是的,没错。"

"可否告知二位的姓名?"

"我叫大钟达郎。我太太叫久子,女儿叫千里。"

"您刚才让我帮忙找女儿?"

"女儿突然失踪了。明明刚才还跟我们在一起。"

"失踪了?那可不得了。"

"求您帮帮忙吧,千里才七岁啊!"

听到这里,我立即写了一张字条递给老师。因为我要是当着委托人的面直接问,老师肯定会大声斥责。

如果失踪的是个孩子,那是不是应该先报警?

老师把字条揉成一团,扔进了废纸篓。

看来他打算靠一己之力解决问题,而不是通知警方。这不是什么值得赞扬的做法,但老师的声誉就是用这种方式建立起来的。

"孩子是在哪里失踪的?"

"在一家叫怪诞之家的餐厅。"

"离这儿近吗?"

"在车站跟前的一栋大楼里。从这里走过去只要五分钟左右。"

"车站跟前的大楼?"

"对,站前十三号楼。"

"哦,我知道了。餐厅在几楼?"

"二楼。"

"您经常去那家餐厅?"

"不,这是第一次。我知道它在几周前开业了,一直想去吃吃看,今天又恰好在信箱里找到了一张仅限当天使用的优惠券,就决定去了。"

"您是跟谁一起去的?"

"就我们一家三口。"

"三位是同时去的吗?"

"不,我太太要去买东西,所以我们是分别出的门。结果她提前买完了,比我们先到。我和女儿走到大楼出入口的时候,正好看到她在餐厅窗口跟我们挥手。"

"换句话说,你们坐在能看到大楼出入口的地方?"

"啊？啊……确实是这样，但只有我太太那个位置能看到。我应该是背对着楼门的。"

"哦。那您和孩子是怎么上的二楼？"

"有必要说得这么详细吗？"

"不好说，但我们必须收集尽可能多的细节，以便做出后续的推理。天知道哪个细节会成为关键线索。"

"我们本想乘电梯上楼，却发现食材供应商正在运货，把电梯给占了。"

"供应商在用客梯运货？"

"我也觉得纳闷，就找供应商问了问。对方告诉我，由于大楼相当老旧，出入口、楼梯和电梯都只有一处。不过上到餐厅所在的二楼以后就有专用的送货入口了，说是在顾客入口旁边。"

"只有一处出入口怕是有安全隐患啊，照理说应该会留出两条不同方向的逃生路径。"

"他们告诉我问题不大，因为每个租户都准备了绳梯和应急滑梯，可以从窗口逃生。"

"所以二位是走楼梯上去的？"

"对。"

"走进餐厅以后，您有没有注意到异常情况？"

"我注意到，所有顾客都带着各种各样的东西。"

第四集 食材

"各种各样的东西?"

"有人带了用纸包裹的鲜肉,有人带了一整条鲣鱼,还有带蔬菜和其他食材的。店里有二十来张桌子,带着食材等候的客人有十组左右。"

"客人自带食材?那可真是怪了。"

"嗯,我们对餐厅的情况一无所知,进去以后才知道怪诞之家是以这个为卖点的。"

"'这个'?"

"主厨会用顾客带来的食材即兴烹饪。"

"这倒是个稀罕的模式。"

"是的,我们连人家的卖点都不知道,就这么稀里糊涂地去了。"

"不带食材就没东西吃了?"

"那倒不是。烹饪自带食材算特色服务的一个环节,顾客当然也可以吃到用餐厅采购的食材烹制的菜肴。只是餐厅不设菜单,上什么菜是主厨说了算。"

"这又是为何?"

"因为大多数顾客会自带食材,要是餐厅采购得太多就用不完了,所以他们只储备最少限度的食材。店员告诉我,这类菜肴没有太多选择,顾客也不能随便点。"

安乐侦探

"这么说来,不自带食材感觉有点亏啊。"

"毕竟是以自带食材为卖点的餐厅,这也是没办法的事……我们差不多可以切入正题了吧?"大钟面露焦急之色。

"您会着急也在所难免,"老师说道,"但第一步至关重要。这一步要是迈错了,后果不堪设想。所以我们需要充分了解各方面的情况,以便做出冷静且迅速的判断。顾客是一进餐厅就把食材交给工作人员吗?"

"不,食材要放在餐桌旁边的推车上。推车上层装了一圈围栏,防止食材滚下来或逃跑。稍后会有服务员过来把车推走。"

"可以指定食材的烹调方法吗?"

"据说可以在一定程度上满足顾客的要求,但最好还是请主厨定夺,因为每种食材都有最适合它的烹饪方法。"

"假设顾客带的是牛肉,但牛肉也分三六九等,上到高档牛肉,下到超市打折货,什么样的都有。那不同的牛肉会被做成不同的菜肴吗?"

"具体的我也不太清楚,但据我观察,顾客带去的牛肉被做成了各不相同的菜肴,有牛排、红酒炖肉、寿喜锅、土耳其烤肉等等。"

"那可太厉害了。不过餐厅用的真是顾客带去的食材吗?有没有可能他们用的是餐厅里原本就有的食材,却假装成了用顾客自

第四集 食材

带的食材做的?"

"应该不会,因为一些稀罕的食材也被做成了精美的菜肴。好比我看到有人带去了一只刚抓到的鸭子,餐厅把它做成了烤全鸭,几乎保留了原来的形态。顾客还吃出了猎枪的子弹,大呼小叫了好一阵子。还有人带去了一条大鲇鱼,餐厅把它做成了冬阴功汤和炸鱼。"

"鸭子和鲇鱼也不算特别稀罕的食材吧?"

"还有人带了鳄鱼。"

"是真的鳄鱼?"

"应该是的,有一米多长。餐厅把它切成两半,一半烤了,另一半做成了寿司。"

"鳄鱼寿司……用的是生肉?"

"这我就不清楚了。还有人带了一种眼珠子很大的深海鱼,看着很像鲨鱼。餐厅把它做成了生鱼片,摆成鱼的形状。"

"这种非主流食材也给做啊?"

"我刚才说的大概还不算非主流。还有人带青蛙、蜗牛什么的。"

"食用蛙和食用蜗牛不算非主流食材吧?"

"可生蛙片、生吃活蜗牛还是比较稀罕的不是吗?"

"稀罕是稀罕,就怕不干净。"

"店家说他们用了特殊的烹饪方法,不会有问题的。"

老师皱着眉头记了几笔。"您还注意到了什么?"

"我感觉他们的菜式花样特别多。无论是几乎原封不动的食材,还是已经加工处理过的食材,餐厅都能将其做成最合适的形态送上餐桌。"

"比如,几乎保持原状——也就是还没拔毛的动物,或是还带着羽毛的鸟,他们也能做?"

"不仅如此,连活物都能做。好比我刚才提到的食用蛙和食用蜗牛。"

"那仅限于两栖动物与河海鲜吧?"

"不,据说活的鸟类和哺乳类也可以做。我看到有人带了活鸡、活兔子去,把它们放在推车上。"

"也就是说,他们会在餐厅内进行屠宰?"

"应该是的。"

"在离餐桌这么近的地方宰杀动物,顾客就不会觉得别扭吗?"

"厨师当着顾客的面杀鱼不是很正常吗?"

"鱼的形态和人相差甚远,而且不会发出太大声音,所以问题不大。"

"当然,店家不会在众目睽睽之下宰杀。服务员告诉我,店里

第四集 食材

有一间隔音效果非常好的屠宰室，跟厨房不在一起。"

"即便是这样，吃片刻前还活着的东西总觉得怪怪的。"

"但据说顾客不太在意这个，也许是因为主厨的烹调手艺非常精湛，做出来的菜肴十分美味吧。除了兔子和鸡，还有人带金丝雀、松鼠、海狸鼠和猫狗来呢。"

"其中有几种动物更接近宠物，而非家畜。"

"有些动物在日本算宠物，但在其他国家是可以吃的，只是食肉动物的饲养成本比较高，所以不适合食用。据说有些人选择在心爱的宠物因为生病或衰老濒临死亡的时候把它们带过来，作为安乐死的替代方案。"

"吃自己的宠物？"

"我也有点接受不了，但他们告诉我，吃下宠物会给人一种和宠物融为一体的感觉。毕竟宠物的身体变成了自己的血肉，这样就算是永不分离了吧。"

"但肯定会有人后悔吧？"

"话说回来，确实有位老太太跟服务员发生了争执。我没多打听，看着像是她对餐厅有意见。"

"怎么了？"

"她嚷嚷着'我没点过狗肉火锅'，还说什么'我带来的小狗不见了'。"

安乐侦探

"这话是什么意思?"

"肯定是老太太刻意挑刺。她进去以后,我一直都在观察,很确定店家没有任何可疑举动。

"她抱着小狗进去,落座前左顾右盼了一会儿,看到手推车以后就把小狗放了上去,开始翻看杂志。没过多久,就有服务员来把车推走了。"

"会不会是老太太误会了,错把小狗放在了车上?"

"不会吧。虽然推车上没有挂'食材专用'字样的牌子,但我不相信有人看不出那是放食材的,只要看看其他顾客是怎么做的就知道了。"

"用这种模式就不会出问题吗?"

"据说刚开业的时候,服务员为保险起见会跟顾客逐一确认车上的是不是食材。后来有一群年轻人把小猫放在了车上,服务员便问'几位真的要吃猫肉吗',结果对方勃然大怒,说听起来就好像服务员在谴责他们似的。这话倒也有几分道理。从那时起,餐厅就调整了方针,无论车上的动物多么可爱,都不再跟顾客确认了,直接进行烹饪。我是觉得,万一放错了东西,顾客也该负全责,无权指责店家。"

"那位老太太后来怎么样了?"

"她气极了,嚷嚷着让店长出来,谁知尝了一口狗肉火锅以后就停不下来了。等店长赶来的时候,她已心情大好,说什么'这事我也有错,你们以后小心点就是了'。"

"哦,看来那家店的菜做得相当美味。"

"是啊,好不容易来了这样一家不同寻常的餐厅,却没有自带食材,我们非常懊恼。除了用作主菜的肉和鱼,还可以带蔬菜水果什么的,让店家做成沙拉或甜点。

"'怎么办?要不别吃了?'我问妻子。

"'都坐下了,现在走多不礼貌啊……你看这里写着,没有自带食材,也可以让主厨配菜的。'

"'怎么办呢……'

"说实话,我当时有点犹豫。只怪我们没了解清楚状况就进来了,不够尊重店家和其他顾客。而且我感觉我们和周围有些格格不入。

"但女儿好像非常喜欢那家餐厅,只见她兴奋地观察其他餐桌的食材,见到还活着的食材,她还要摸两下,戳一戳,那叫一个高兴。我心想,要是这个时候走,女儿肯定会很失望的,于是下了决心。

"'那就让主厨配菜吧。'

"我对前来点单的服务员说:'你们看着配吧。'

"'好的,'店员彬彬有礼地回答,'请问肉要几分熟?'

安乐侦探

"'我要三分熟。'

"'那我要五分熟。'

"'喝点什么呢?'

"'我跟太太要红酒,女儿……咦,千里上哪儿去了?'

"'不知道,是不是去洗手间了?刚才还看到她在玩推车呢。'

"'哦……另一份饮品可以稍后再点吗?'

"'啊……好的。'服务员露出一丝为难的神色,走向厨房。

"'刚才那个服务员的态度算怎么回事?'

"'一副不知所措的样子。'

"'他估计是那种员工手册里没写就不知道该怎么处理的人。手册里让他一次性问清楚每个人要喝什么,但我们告诉他另一份饮品要稍后再点,于是他就乱了。这种人不太适合跟顾客打交道。'

"饮品上桌的时候,千里还是没回来。

"'餐厅的卫生间在哪儿啊?'

"'店里可能没有,外面好像有大楼商铺共用的卫生间。'

"'她不会是一不小心走出了这栋楼吧?'

"'不会的,我瞧着呢。'

"过了一会儿,前菜上桌了。服务员开始介绍那些形似薯片的棕色脆片,但我几乎没听清他在说什么,一方面是因为餐厅里太吵了,另一方面是因为担心女儿。那似乎是用某种东西的皮烤的,加了调味料,有着我从未尝过的神奇味道,口感绝妙,弹性恰到好处,松脆可口,让我瞬间胃口大开。

"沙拉、汤和面包紧随其后,似乎走的是正统法餐的路线。后几道菜的味道也很不错,但没有前菜那么新颖,都在我的意料之中。吃着吃着,我又惦记起了女儿。不过是上个洗手间而已,去这么久也太反常了。

"刚到餐厅的时候,天气还没有那么糟糕,可是眼看着风雨越来越激烈。

"'你能不能去洗手间看看?'我对太太说道。

"'也是,这也太慢了。'她好像也有些担心了。

"就在这时,服务员又上了一道菜。

"这道菜本该是鱼,可不知为何,上来的是切成薄片的生肉。服务员告诉我们,那是用胸肉片成的。

"我姑且尝了一片。

"在那一刹那,某种神奇的高贵风味在我的嘴里……不,是在我的整张脸上蔓延开来。

"'这是什么东西?!'我不禁喊道。

"'怎么啦,喊那么大声。'我太太问道。

"'呃,你先尝尝看!'

"她将信将疑地尝了一口。

"'天哪,这……'

"'好吃吧?'

"'嗯,是很好吃,可……'

"'怎么了?'

"'我觉得这味道怪怪的……'

"'是不是从没吃到过这种味道的东西?'

"'嗯,从来没吃过。可我好像是知道这种味道的。'

"'没吃过,却知道?'

"'嗯。'

"'这不是自相矛盾吗?'

"'是啊,可我就是有这种感觉。'

"'是不是因为它太好吃了,所以你的头脑一时间有点混乱?'

"'也许是吧,可我又感觉内心深处有个声音让我别吃。'

"'这么好吃,却不让你吃?'

"'这么好吃肯定是有原因的。'

"'什么原因?'

"'我也不知道,但直觉告诉我,那大概不是什么好事。'

"'你说归说,可手跟嘴都没停啊。'

"'是啊,我也气自己没出息,可这道菜真是太好吃了。'

"然后，服务员送上了冰糕。

"尝上一口，发现它略带甜味，但又不单单有甜味。独具一格的醇香与鲜味在口腔中扩散开来。

"话说回来，服务员好像说那是用冷冻的脑子做的。那道冰糕着实不可思议，它入口即化，却不会完全变成液体，而是萦绕在舌尖，不断向我的神经中枢释放诱人的韵律。

"我们埋头猛吃，十秒不到就吃完了。

"糟了，应该细细品味的。

"我追悔莫及，开始认真琢磨能不能再要一份了。"

"再加一份冰糕不就行了？"老师问道。

"可餐厅没有菜单，上什么菜都是主厨定的，我无法确保自己能点上。"

"把用来做冰糕的食材带去呢？"

"服务员对冰糕做了介绍，可惜我也没仔细听。

"肉做的主菜终于上桌了。看着像整只烤的某种东西，但没有头和四肢，大约三十厘米长，侧腹部有一条很大的切口，打开一看，里面塞满蔬菜和水果。

"难以言喻的甜香扑鼻而来，唾液立时充满我的口腔。不过是闻到香味而已，我的全身竟然都放松了下来。

"我用刀子轻轻一戳，刀尖竟然就这么陷了进去，仿佛那里什么东西都没有。说时迟那时快,浓稠的肉汤从切口处涌出。肉汁是非常清亮的金黄色,带着刺激性的香味和肉香混合而成的鲜香,不逊色于任何一种香料的味道。

"我们起初都不舍得动刀,但最后还是切了一块肉送进嘴里。

"那种体验已然超出了味觉的范畴。所有的感官被同时唤醒,快感仿佛席卷了全身。大脑的核心阵阵酥麻,整个世界似乎都被笼罩在一片玫瑰色的薄雾中。

"太太和我都自然而然地笑了。一边笑,一边大快朵颐。

"啊……太幸福了。

"抬头望去,太太幸福无比的笑容映入眼帘。

"太好了,她也很开心。

"太好了,一家人都很开心。

"千里肯定也很……

"对了,千里!

"脑海中的迷雾瞬间散开。

"'千里上哪儿去了?'我问傻笑着的太太。

"'啊?'她的双眼还没对上焦。

"'醒醒!千里回来了吗?'

"'千里……'她回过神来,'是啊……千里不在这儿!'

"'她真在洗手间吗?'

"'我去看看!'太太找服务员打听了洗手间的位置,走出餐厅。

"她走后,另一位服务员走了过来,在桌上放了一张纸。

"是账单吗?这么看来,菜都上齐了?

"我正准备叫服务员过来。就在这时,太太回来了。

"'老公,不好了!她不在洗手间里!'

"'什么!'

"难道她跑去外面了?

"我冲向店门。

"'先生!'一位服务员冲到我跟前。

"'我有急事,不会赖账的!'我对他说道。

"'我不是催您结账。受大雨影响,大楼前面那条路塌陷了,您现在出不去。'

"'你说什么!'

"我回到座位,透过窗户望向大楼出入口。

"确实如他所说,大楼前面的马路出现了长达数米的塌陷。

"汽车跟手推车显然都过不去,但人似乎可以走过去。

"'用走的可能还行,'我对太太说道,'我想走出去到附近找找。你呢?'

"'我也去找!可……'

"'怎么了?'

"'千里没有离开这栋楼……'太太双目圆睁,仿佛看到了某种骇人的玩意。

"'不一定吧,马路是刚塌陷的。'

"'我说的不是这个……'她开始瑟瑟发抖,'没有这家餐厅处理不了的食材。只要是客人带来的都能做,无论那是什么东西……'

"'嗯,我们刚来的时候服务员不就说了吗?现在说这些干什么?'

"'我们不建议二位现在回去。'服务员说道。

"'情况紧急!'我从钱包里拿出两三张钞票递了过去,'应该够了吧?不用找了,我也不要收据。'

"'请稍等,这就给您结账……'服务员急忙走向收银台。

"'老公……'太太指着我们刚才坐的地方。

"另一位服务员好像正看着我们桌上的账单。他长得高大结实,肤色黝黑。

"见我们要走,他拿起那张纸朝门口走来。

"每分每秒都浪费不得,我不想为账单跟店家起争执。

"我太太还抖个不停。'快逃……'

"'啊?'我问道。

第四集 食材

"'逃离这群人!逃出这家店!!'她的喊声响彻餐厅。

"在场的所有顾客和服务员都注视着我们。

"所有人停顿片刻。包括收银台的服务员和朝我们走来的服务员。

"'快逃啊!!'太太拉住我的手,冲向门外的滂沱暴雨。

"水已经涨到了膝盖。

"'先生,现在出去太危险了!!'

"在服务员的呼喊声中,我们蹚水疾行。

"难怪服务员说外头危险。马路已经被水淹没了,太阳也落山了,所以我们看不清水下的情况。天知道哪里有沟渠和打开的井盖。沟渠里的水比马路上的还要深,一不留神就会被绊住,搞不好还会被冲走。运气不好的话,甚至可能站不起来,活活淹死。而且发大水的时候,井盖松动是常有的事,一旦掉下去,十有八九就没命了。

"走了几步之后,我改了主意,打算先回楼里。

"'这路没法走啊,还是先回楼里找人帮忙吧!'

"走在前面的太太应声回头。谁知她一看到我身后的景象便尖叫起来。

"只见刚才那个人高马大的服务员蹚着水快步走来。他好像在大声怒骂,但雨声太大,我实在听不清。

"'不行,会没命的!我们全家都会被他们弄死的!'太太声音沙哑,仿佛在说胡话。

"'你在说什么呢?'

"'快逃!离他越远越好!'

"她似乎注意到了某些我还没有察觉到的事情。"

老师用手捂着嘴,但我能从他肩膀的动作看出,他正在拼命憋笑。

"我犹豫片刻,还是决定相信她的判断。

"'好,走吧!握紧我的手!'

"我心想,只要我们牢牢握住对方的手,哪怕其中一个陷进水深的地方,另一个应该也能把人拉出来。

"我们再次涉水而行。

"这时,身后传来水声。

"回头望去,只见一个高大的黑色人影正以极快的速度向我们冲来,掀起阵阵水花,简直跟摩托艇似的。

"我们在水中奋力前进。雨势凶猛,我们全身都湿透了。

"'他干吗追着我们不放啊?'

"'这肯定是有原因的。他们肯定误以为我们是餐厅的常客,所以才会发生这么可怕的事情!'

"'可怕的事情?什么意思?'

第四集　食材

"'你肯定也反应过来了吧?'

"'反应过来什么啊,我都听不明白。'

"'你是在自欺欺人,假装没发现。'

"太太是这么说的,我却一头雾水。

"大高个挥舞着一张纸,对我们喊话。

"'但他意识到,我们根本不是常客,今天是第一次去。他还意识到他们犯了一个天大的错误,所以他才追着我们不放。要是被他抓住,我们就完了。他会封住我们的嘴!'

"'什么意思?难道要给我们封口费什么的?会给多少啊?既然事关重大,金额应该小不了吧?'

"'你说什么梦话呢?他会杀了我们灭口啊!'

"我完全不知道太太凭什么认定我们有可能遇害,但我能感觉到她语气中的确信。

"被他抓住就糟了。

"直到这时,我才逐渐意识到自己正处于非常危险的境地。

"我们在雨中跌跌撞撞,几乎是靠游的。

"'要不要找栋楼歇一会儿?'

"'不行,你认为自己已经走得很远了,其实根本没走多少,也没有甩开他。现在躲进楼里,他肯定也会跟进来,把我们逼到墙角的!'

"回头一看,正如她所说,大高个近在眼前。

"'怎么办?我们也坚持不了多久了!'

"'必须想办法从他眼前消失。'

"'这也太难了。'

"'继续靠两条腿走确实很难。'

"'游泳就更不现实了。'

"'我没让你游泳,'她似乎钻起了牛角尖,'这里的水流相当湍急。'

"'嗯,可能是附近的河决堤了,河水溢出来了。'

"'如果是这样的话,说不定还有希望。先努力走到那个路口。'

"路口在十多米开外的地方。

"'那个路口有什么?'

"'你看出来没有?水的流向一到那儿就变了。'

"乌黑的水面在路灯下闪闪发亮,所以我能依稀辨认出水的流向。

"'嗯。'

"'我记得水流的尽头有家事务所。'

"'事务所?'

"她朝路口走去。

"我握住她的手,紧随其后。

"我们花了几分钟,好不容易走到路口。

"回头一看,那个大高个离我们只有几米远了。

"'吸气!'太太对我下令。

"'啊?'

"她把我的头按进水里。

"我试图浮出水面,却被她死死缠住,四肢无法动弹。我就这么沉了下去,顺流而下,在水底滚了起来。

"我被卷入激流,意识逐渐模糊。

"这时,我感到自己的头撞到了什么东西。那是大楼的一部分。

"我们都抓住大楼的墙壁,努力站直。

"潮湿的空气瞬间涌入肺里。

"'他还没发现我们被冲来了这里。快进来!'她弯下腰,打开眼前的楼门,钻了进去。

"我也跟了进去。

"通过潜入水中,我们成功离开了那人的视野,同时利用水流一下子移动了近百米。

"大楼的底层已经进了不少水,好在地势略高,所以水位只到我的脚踝附近。

"这似乎是一栋综合商业楼,排列在眼前的房门通往各类企业的办公室和销售处。

"'接下来怎么办?'我问太太。

"话音刚落,她竟把手指捅进了自己的喉咙里。

"'你干什么?'

"她把刚吃下去的东西都吐到了水里。

"'哇!你干吗啊?'

"'你不吐吗?'

"'难道菜里有毒?'

"'毒?哪里来的毒。身体是不会出问题的,但我的心可能快撑不住了。'

"说着,她的身子一晃。"

老师终于还是笑出了声,但他用咳嗽声糊弄了过去,没有被大钟察觉。

"'哎,没事吧?'

"'怎么可能没事。你听着,这栋楼里有一家著名的侦探事务所。'她指着一块招牌说道。

"她说的就是这家事务所。

"'我要是失去了理智,你就找这家事务所帮忙。'

"'好,让侦探帮忙找千里就行了是吧?'

"听到这话,她竟然哈哈大笑:'找千里?你在说什么呢?你

以为自己刚刚吃的是什么？'

"话音刚落，她突然浑身无力，垂下了头。

"我被她吓到了，就带着她上这层楼找您了。"

"着实有趣，"老师两眼放光，"您太太尤其厉害。她凭借过人的推理能力，走到了离真相咫尺之遥的地方。"

"咫尺之遥？"

"嗯，只可惜她没能发现真相。"

"您是说，您已经发现真相了？"

"是的。当然，我并不了解案件的方方面面，所以有些部分是靠想象补足的。但那些部分恐怕并不重要，所以没有大碍。"

"可您都没去现场调查过，只听了我的叙述啊……"

"我的推理主要基于两点。一是您直接看到、听到的第一手信息。其中包含了相当重要的线索。"

"我没有看到任何具有决定性意义的东西啊……"

"不，您看到了非常重要的东西，只是您没有意识到罢了。"

"是吗？那第二点呢？"

"您太太的所见所闻。"

"可她晕过去了……"

"不需要直接问她。您讲述了她的言行举止，这就等于是我间接问了她。"

安乐侦探

"她不就是做了些莫名其妙的事情吗?您是如何从中了解到真相的呢?"

"将您的所见所闻和太太的言行举止结合起来即可。如此一来,整件事的脉络便一清二楚了。"

"我还是一头雾水。"

"可否回答我一个问题?"

"您说。"

"您是不是很富有?"

"我本人没什么资产,不过我父母应该算富人吧。"

"我是不是可以理解为,只要您想,就能筹出一笔可观的钱?"

"嗯,差不多吧。"

"您觉得孩子上哪儿去了?"

"大概是到大楼外面去了。至于她是自愿出去的,还是被人强迫的,我就不清楚了。"

"不,她并没有离开那栋楼。"

"您怎么知道?"

"因为您太太的证词。她不是很肯定地说过'千里没有离开这栋楼'吗?"

"她确实这么说过,可这并不能作为千里没出那栋楼的证据吧?"

"不,这就是最好的证据。"

"您是根据我太太的直觉推理的吗?"

"那不是直觉,而是观察的结果。"

"不好意思,我越听越晕了。"

"好吧,那我从头说起。"

*

"您太太先到了餐厅,您和孩子是后到的,没错吧?"

"对。"

"您刚才说,您和孩子进大楼之前,太太看到了你们,还朝你们挥手了?"

"是的。"

"她为什么能看见你们呢?"

"当然是因为她坐的位置能透过窗口看到大楼的出入口。"

"没错,这一点很关键。还有一个关键点是供应商告诉您的——那栋楼只有一处出入口。"

"对。哦……"

"您太太时刻盯着大楼唯一的出入口,而且她惦记着孩子,如果孩子走了出去,她必然会注意到。当然,从窗户或屋顶离开大

安乐侦探

楼也是有可能的,但是在闹市区的大楼这么做会非常惹眼,再加上今天有暴风雨,任谁都不会刻意冒这种险。"

"但我们后来走出那栋楼,来到了这里。千里就不可能在这段时间里离开大楼吗?"

"水涨成这样,一个七岁的小女孩不可能走得出去。"

"如果她是被人带出去的呢?"

"根据您的叙述,二位在离开餐厅之前引发了一场小小的骚动。因此,要想在不引起怀疑的情况下将女孩带出大楼,就必须将她放在箱子之类的东西里。但外面风雨大作,车也开不了,不具备将她带出大楼的条件。您刚才还提到大楼前面的道路塌陷了,对吧?"

"也就是说,千里还在那栋楼里的某个地方?"

"我想是的。"

"她到底出什么事了?"

"她被绑架了。"

"绑架?这从何说起啊?"

"您说您的父母很富有。这个理由已经足够充分了。世上有的是贪财而没有良心的人。"

"总不能光凭这一点就断定千里被绑架了吧?"

"没错,我们还没有足够的证据断定这是一起绑架案,但您的

第四集 食材

叙述中隐藏着关键线索。"

"线索?"

"您说一路上有个男人追着二位不放?"

"对,人高马大的。正如我刚才所说,我们想办法甩掉他来到了这里。"

"你们不该逃离他的。"

"啊?"

"他肯定是出于某种原因才来追赶二位的。只要搞清这个原因,就能自然而然厘清事情的来龙去脉。"

"可我太太觉得不逃会有生命危险。"

"她的预感可有依据?"

门铃响了。

这次的访客似乎有足够的时间找出门铃按钮。

老师通过门口的摄像头查看访客的长相。

屏幕中有个身材高大的男人。他全身湿透,喘着粗气。

委托人大钟倒吸一口冷气:"就是他!他就是绑匪!"

"我认为他是绑匪的可能性非常小。"

"为什么?"

"如果他是绑匪,会特意来侦探事务所吗?除了事务所门口,这栋楼的各处都安装了监控摄像头。如果他就是绑匪,那只能说

安乐侦探

他不是一般蠢了,"老师转向我说道,"麻烦你接他进来。他应该有东西要给大钟先生。"

浑身湿透的大高个喘得上气不接下气。

"不好意思,弄得地上都是水……"人不可貌相,来人倒是很有礼貌。

"没关系,本来就是湿的,不必介意,"老师说道,"先别说这个了。那张纸带来没有?"

"哪张纸?"大钟问道。

"他不是拿着一张纸追着你们跑吗?"

"那只是账单啊。"

"账单?怎么会啊!"大高个把手插进怀里。

"救命啊!他果然是来灭口的!"大钟立刻躲去沙发后面。

"灭口?灭什么口?"大高个一脸莫名其妙地盯着瑟瑟发抖的大钟。

"没关系的,他就是误会了。"

"那就好……"大高个掏出一张纸,"我在二位的餐桌上发现了这个,所以想赶紧送来。"

老师在桌上摊开他递来的纸。

纸有点湿,好在字迹没有模糊得太厉害,不影响阅读。

你女儿在我手上。

一小时内将一百万美元存入瑞士银行的账户，否则你女儿小命不保。

账户号 F5R6I5D1A3XY。

不许报警，否则视作谈判破裂。

"这是什么？"

"索要赎金的勒索信。"

"什……什么！"大钟瞠目结舌。

"请您少安毋躁。这下能证明这是一起绑架案的证据就齐了。"

"可……就算我们知道千里被绑架了，也不知道她到底在哪儿啊！"

"我对孩子所在的位置也有了大致的猜测。"

"真的吗？简直难以置信……"

"从逻辑上讲，孩子只可能在那个地方。"

"是吗？她到底在哪儿?！"

"这也得按顺序解释。首先，把范围限定在那栋大楼之内应该是没有问题的。至于理由，我刚才已经解释过了。您还记得吧？"

"啊……嗯，记得。"

"那么，如果要把孩子关在那栋大楼之内，哪里最合适呢？"

安乐侦探

"天知道,那栋楼里有很多商铺。"

"要把孩子转移到其他商铺,就需要通过大楼内的楼梯或走廊。要是孩子在移动期间哭闹起来,绑匪的计划就泡汤了。"

"他们会不会用绳子把千里绑了起来,还堵住了她的嘴?"

"您的意思是,绑匪在餐厅里完成了绑绳子、堵住嘴这几项工作?"

"呃,是啊。"

"如果店里有做得了这些事的地方,又何必冒着风险转移人质呢。"

"可店里有这种地方吗?"

"这个地方需要满足两项条件:'谁都不会主动进去看'以及'声音不会传出去'。"

"啊!"大钟与大高个同时喊道。

"反应过来了?"

"是屠宰室吧?"大钟说道。

"你没察觉到屠宰室里的动静吗?"老师问大高个。

"我就是个兼职服务员,厨房和屠宰室都没进过几次。我的职责就是把账单送给忘拿的顾客。"

"看来绑匪打算仅靠极少数餐厅员工实施犯罪,以免计划外泄。给您家寄送优惠券肯定也是计划的一个环节。"

第四集　食材

"千里会不会有事啊?"

"您别慌,给警察打一通电话就能解决问题。请警方包围那栋楼,堵死出入口,让餐厅员工带警官去屠宰室看看就行。我相信要不了多久,孩子就能得救了。"

老师立刻打电话联系了警方。

"放心吧,"我对大钟说道,"老师说没问题,那就绝对没问题。"

"呼……吓死我了……"大高个一屁股坐在沙发上,"没想到打工的地方会出这么大的事……一旦放心了,肚子就有点饿了。我可以在这里吃点东西吗?"

"请便。不过您要去便利店的话,恐怕得蹚水走个五十多米。"

"不用,我刚才出门的时候拿了份员工餐。"大高个从口袋里掏出一个塑料袋。

塑料袋里装着热狗,只是被完全压瘪了,沾满了番茄酱。

大高个舔了舔嘴唇,狼吞虎咽地吃起来。

就在这时,通往会客室的门开了。

大钟太太怔怔地看着我们。她的视线四处游走,最后定格在满嘴番茄酱的大高个身上。

"食……食人巨怪!"她口吐白沫,再度晕厥。

第五集

生命之轻

第五集 生命之轻

"人的生命确实有轻重之分啊。"老师说道。

"您是在故意用这种会引起争议的话吸引我的注意吗?"我问道。

"不,我是由衷地坚信人的生命有轻重之分。啊,也许我是想吸引你的注意吧。"

"都开始想办法吸引我的注意了,看来您不是一般闲。"

"前提是我确实想吸引你的注意。但这还不一定是事实。"

千万不能被老师的文字游戏给骗了。一旦着了他的道,就会越陷越深。

"人的生命是平等的。"

"无论是初生婴儿,还是百岁人瑞?"

"都是平等的。"

安乐侦探

"无论是毕生致力于救济难民的贤德之士,还是残害了数百人的杀人狂魔?"

"都是平等的。"

"死刑犯的生命跟其他人的也是平等的吗?"

"是平等的。死刑是依法执行的,但这并不意味着死刑犯的生命变得轻贱了。他们是在生命依然贵重的状态下被执行了死刑。否则死刑就失去了赎罪的意义。"

"你提出了一个非常好的论点。但你在撒谎。生命确实有轻重之分。"

"在任何情况下,都没有轻重之分。"

"打个比方吧,"老师露出兴致勃勃的表情,看来他终于要切入正题了,"你父母可还健在?"

"很幸运,他们都挺好。"

"好,那就假设你和父母在同一艘船上,而那艘船因为暴风雨翻了。"

"这不是老套的心理测试吗?"

"先听我说完嘛。你回过神来才发现,自己已经在救生艇上了。救生艇上就你一个,只能再上一个人。你望向大海……"

"这道题设定的前提条件就是'我只能救一个',所以我如果要回答的话,那就只能放弃其中一个。但我选不出来。如果题目允许我自己跳进海里，把父母都送上救生艇，那么这就是我的回答。如果不允许，那就只能抛硬币决定了。但如果真的出现这样的情况——尽管我认为这种情况出现的概率低到几乎可以忽略不计——我恐怕会因为难以抉择，到头来一个都救不了。"

"我有让你在父母之间做出抉择吗？"

"没有。但您马上就会让我选了不是吗？"

"不，我并没有那个打算。"

"那是因为您听到了我刚才的回答，所以改了主意吧。"

"我都说了，我没有那个打算。"

"那您本打算问我什么？"

"你面前有两个人。其中一个是你的父母之一。"

"之一？到底是父亲还是母亲啊？"

"我们先假设你不知道到底是哪个。"

"我都不知道那人是我的父亲还是母亲，却知道他是我的父母之一？这怎么可能。"

"我的意思是……嗯，你的父母非常恩爱，所以穿了情侣装。由于周遭过于昏暗，你看不清对方的脸，但能辨认出衣服上的图案。"

"我连对方是男是女都看不出来，却能看清浸泡在水里的衣服上的图案？"

"因为那个图案是用荧光色画出来的。"

"我父母绝不会穿荧光色的衣服。"

"好吧,那就干脆假设那是你的父亲。两个人中的一个是你的父亲,另一个是陌生人。你能对他们一视同仁吗?"

"我的行为无关生命的轻重。如果救生艇上的不是我,而是另一个人的亲属,那他肯定会优先考虑救另一个人,而不是我父亲。"

"你可以凭这个说两人的生命是平等的吗?"

"当然可以。"

"'生命的重量'是对生命价值的一种比喻,而不是指物理层面的重量。"

"这我知道。"

"如果是物理层面的重量,那还是可以客观比较的。可人世间真的存在所谓的'客观价值'吗?比如某个东西在普通人眼里就是一件脏兮兮的玩具,但对玩具发烧友来说,它却是比汽车、房子更有价值的宝贝,这不是常有的事吗?"

"但这种东西大多能在市场上卖出好价钱不是吗?"

"它本身其实并不值钱,价格仅由市场的热度决定。如果玩具发烧友从这个世界消失,那些宝贝就会跟垃圾一样一文不值。换句话说,价值本身并不存在于物件之中,而是存在于判断它的人身上。"

"您是说,生命的价值也一样?"

第五集 生命之轻

"正是如此。生命没有客观的价值,其价值掌握在判断它的人手中。而且无论谁来判断,都不会对所有人的价值予以同等的评价。如果给出了同等的评价,只能说明那个人根本没有判断价值的能力。换句话说,在有能力判断的人进行判断时,人的生命价值永远都不会是相同的。人的生命确确实实有轻重之分。"

"我有种被您糊弄的感觉。"

"我哪里糊弄你了,我说的都是实话。"

"也许每个人都有自己的优先级吧,但人的生命都是宝贵的。这一点毋庸置疑。"

"不,我不这么认为。人的生命有时还不如猫狗的贵重。"

"您又胡说八道了……"

"不,事实就是如此。"

"没有人会忙着救猫狗,而撂下一个溺水的人不管。"

"你无法预测人会在情急之下做出什么事。不过我说的并不是这样的极端情况,而是我们每天都在经历的,更贴近日常生活的事情。"

"在日常生活中不可能遇到必须权衡人的生命和猫狗的生命孰轻孰重的情况。"

"是吗?你有没有听说过援助发展中国家民众的项目?只要捐出一小笔钱,就可以让当地的小朋友接种疫苗,或是接受教育什么的。当然，接种疫苗可以拯救生命，而教育水准的提高也有助于消除贫困，减少民众被卷入战争的可能性。换句话说，这些项目都有助于拯救发展中国家儿童的生命啊。"

"我知道有这样的项目，也捐过款。肯定有很多人捐款，不止我一个。"

"我也这么认为。可我们捐的钱已经足够了吗？发展中国家的每个孩子都接种了疫苗，都有学上吗？"

"那恐怕不是的，但这并不意味着我们轻贱了他们的生命。我们每个人都在自己力所能及的范围内出了力，谁都无权责怪。"

"然后呢，世上还有一些养宠物的人。"

"那是他们的自由。"

"没错，也没人说这不是他们的自由呀。"

"那您突然提宠物干什么？"

"宠物要吃饲料的，对吧？"

"那是当然，毕竟是活物。"

"要是把买宠物饲料的钱捐出去，就能拯救更多孩子的生命了不是吗？"

"话是这么说，可……"

"也就是说，养宠物的人更看重宠物的吃食，而非同为人类的孩子。"

"您的意思是,他们不应该养宠物,而是应该把这份钱捐给发展中国家的孩子?"

"我可没这么说。如果养宠物对你来说很重要,那尽管养就是了;如果捐钱给发展中国家的孩子对你来说很重要,那就捐钱。我不会强制别人做任何一件事。再说了,我也没有权力去强制。"

"您刚才明明说不买宠物的吃食就能多拯救几个人类孩子的生命,现在又说您不强制人家,这不是很矛盾吗?"

"一点也不矛盾啊。"

"可您的言外之意不就是'养宠物等于把动物的生命放在人的生命之上'吗?"

"嗯,我确实是这个意思。"

"那您不就是在指责养宠物的人吗?"

"这怎么就成了指责呢?"

"因为人的生命比动物的生命更宝贵啊。"

"我刚才不就说了,人的生命有时还不如猫狗的贵重。"

"我总觉得自己被您绕进去了。按您的逻辑,如果人的生命比什么都重要,那么人们就应该停止追求自己的爱好和舒适的生活,为救济他人慷慨捐款。"

"根本不需要放弃爱好和舒适的生活啊。因为人的生命不一定是高于一切的。"

安乐侦探

"好难反驳啊。"

"你为什么想反驳我呢？我明明很赞成追求爱好啊。"

"我想反驳的并不是这一点。"

"那是哪一点？"

"'有比人的生命更重要的东西'。"

"如果你坚信人的生命高于一切，那就应该立即把所有财产捐出去。当然，我是不会反对你走这条路的。"

"我就是不爽您的这种口气。"

"我不认为自己说错了什么啊。"

毫无疑问，老师的歪理是错误的，可我全然不知该从哪里反驳，又该如何反驳。

不过嘛，我很清楚这事的责任在我自己身上。还不是因为我每次都陪着他消磨时间？可要是不反驳他的歪理，我又浑身不舒服。

门铃响起。

老师打开了门口的摄像头。

"是位年轻的男士。希望这是起有趣的案子。能麻烦你开门接他进来吗？"

我把委托人带进了办公室。

"我叫伊达杏太郎。是这样的，我好像遇上诈骗了……"身材

第五集 生命之轻

微胖的委托人刚在沙发上坐定，就擦着汗叙述起来。

"'好像'？您是不确定自己有没有遭遇诈骗吗？"

"从严格意义上讲，确实是这样。"

"那可不好办啊。"

"所以我才没报警。"

"哦……也就是说，您希望我们证明您确实遭遇了诈骗？"

"我也不确定这是不是我想要的。"

"哦？那您到底希望我们做什么？"

"嗯……我想先征求一下您的意见，看看这算不算诈骗。"

"虽说眼下还没有任何判断依据，但直觉告诉我，这似乎是一个有趣的案子，"老师好像满怀期待，"总之，请您先讲述一下事情的来龙去脉吧！"

"您先看看这个。"伊达掏出一本小册子。

上面印着"NPO法人发展中国家医院建设项目"。

"哦……您是想让我们调查一下这个非营利组织是否存在？"

"不，确实有这样一个组织。"

"有正经执照吗？"

"有，业务内容是向公众募集善款，用于在发展中国家建设医院。"

"可以随随便便在外国造医院吗？"

177

安乐侦探

"这取决于当地的国情。在没有足够资金投入医疗的国家,建造医院是很受欢迎的,除非那个国家的人出于思想层面的特殊原因对外国人比较排斥。"

"光看创办宗旨,这个组织好像还挺不错的,"老师说道,"但如果它的收入来源于捐赠,那就得确保资金的流向公开透明了。"

"我亲自去他们的代表办公室核实过这一点。"

"您一个人去的?"

"是的。"

"那您的胆子挺大的。"

"是吗?可我不觉得这有什么难的,毕竟是为了确认他们把我的血汗钱用在了什么地方。要知道,我可是捐了足足三个月的工资。"

"选择储蓄或投资的人期望获得利息或红利,想确认用途也是人之常情,可您的钱是捐出去的,本来就拿不回来啊。您为何如此关心这个问题?"

"能不能拿回来并不重要。储蓄或投资的人是冲着利息或红利去的,如果最后没拿到,那就会大失所望,抱怨两句也是理所当然的。而捐钱也不单单是把钱扔进臭水沟里,捐钱的人也希望那些钱能以合心意的方式被使用。因此,我有权核实那些钱有没有按自己所期望的方式投入使用。"

"但您捐钱的前提就是'这笔钱回不来',哪怕它的用途与您的设想有出入,您也不会有损失不是吗?"

"'我的钱被用在了设想之外的别处'对我来说就是一种损失。举个极端点的例子,如果一个人在银行存了钱,但一直不提取,那就跟把钱捐出去了没什么区别,但银行不支付利息就是违法的。道理是一样的。"

"好吧,那是法律问题,我不该过于深入,抱歉。那您访问事务所的结果如何?"

"对方爽快地拿账簿给我看了。"

"照理说,那种性质的非营利组织没有必要隐瞒账目,而且拒绝别人查看账目也会显得很不自然、很不诚实。账簿的内容有问题吗?"

"其实我对会计一窍不通,所以也看不出个所以然来,但账簿应该没有什么大问题。毕竟他们二话不说就拿给我看了。"

"也许他们看准了您是门外汉,心想随便拿本账簿出来也能糊弄过去?"

"我也考虑过这种可能性,所以要了复印件。"伊达从包里拿出一摞纸,足足有几十页。

老师翻看的时候,我也在一旁瞥了几眼,只见上面写满了数字,怎么看都不像是胡编乱造的。

"我把复印件拿给认识的税务师看过了,确定没有问题。"

"您还特地找了税务师?"

"对。"

"他是免费帮您审阅的?"

"我当然付了咨询费。"

"您不惜花钱咨询税务师,只为了判断捐款的用途是否妥当?"

"是啊,怎么了?"

"呃,恕我冒犯,我有些搞不清楚您是太慷慨,还是太吝啬……"

"我觉得自己是偏吝啬的。"

"明明很吝啬,却捐了一大笔钱?"

"嗯,但钱就是用来花的,不是吗?当然,有些人就喜欢把钱存着,看着存折傻笑,但大多数人挣钱应该是为了花钱。花钱的地方也许是电子产品,也许是房子、衣服、喜欢的手办什么的。您就当我捐款也属于这种范畴吧。"

"也就是说,这笔捐款对您来说是有意义的,您不仅仅是放弃对那笔钱的所有权?"

"没错。如果我的钱被用在了我所设想的事情之外,我是绝对无法忍受的。"

"您就是为了核实这一点而去了组织的事务所,甚至核查了他们的账簿。您是希望我们做更深入的调查吗？"

"更深入？"

"就是不单单调查文件资料，而且更细致地核查他们有没有切实开展志愿者活动。"

"哦，如果是这类调查的话，我自己已经做过一些了。"

"您自己调查过了？"

"对，请看……"伊达拿出一张照片，里面拍到了一个三十多岁的女人，"她就是组织的代表。"

"这么年轻的人竟然是组织的代表啊？"

"对。我猜测她只是傀儡，背后还有主谋在操控大局，所以就跟踪调查了她。"

"您跟踪了她？"

"对，不行吗？"

"行是行，但这么做的风险相当高啊。"

"风险？"

"如果对方发现了您，选择报警，警方也许会认定您在跟踪骚扰她。"

"可侦探不是都会跟踪的吗？"

"这个嘛，我们有时也游走在灰色地带，只不过有很多办法可以规避风险就是了。"

"比如?"

"这是商业机密,请见谅。"

伊达略显不快,但还是继续说道:"我跟踪了她一阵子,发现她走访了许多企业名流,似乎在积极筹集善款。"

"她会不会是发现了您,所以故意演戏给您看?"

"坚持演半年多恐怕有点难。"

"半年?"

"嗯。"

"在这半年里,您是请了侦探之类的人专门跟踪她吗?"

"不,今天是我第一次咨询侦探。"

"也就是说,您是跟朋友轮流跟踪她的?"

"朋友?什么朋友?"

"没有朋友帮您一起调查吗?"

"当然没有。那是我的钱,我才不会把朋友卷进来呢。"

"哦……"老师似在憋笑,"可跟踪不会影响您的工作吗?"

"我只能弃卒保帅,把工作辞了。"

"呃……您为了跟踪那位女士辞职了?"

"对,毕竟整整半年不去上班,公司肯定会问我有没有正当理由。"

"您自己也认为这个理由不够正当?"

"不，我觉得非常正当。只是我捐了那么多钱的事情要是被人知道了，那不是挺难为情的吗。所以我就一咬牙一跺脚，干脆辞职了。"

"哦，确实会有人这么想，"老师故意咳了几声，以掩盖自己的笑声，"然后呢，您找到疑似幕后黑手的人了吗？"

"似乎并没有那样一个人存在。除了募集善款，她基本都往外务省和各国大使馆跑。大概是为了咨询建设医院的事情吧。"

"恕我冒昧，请问这一点您有没有核实过？"

"有。"

"如何核实的？"

"直接询问。"

"问外务省和大使馆？"

"对。他们在跟那个组织协商的事好像也不是什么秘密。"

"嗯，也是。"

"我也联系了她申请善款的公司，可惜不是每家公司都会告诉我。"

"私营企业一般不会披露公司运营情况的方方面面。战略性的捐款也算是一种投资，所以有些公司不想让外界知道。"

"没告诉我的公司倒也没有否认有人来申请过捐赠，所以我觉得她确实是在募集善款。"

"我同意您的观点。"

"但这还不足以让我作罢,不是吗?"

"这还不够啊。"

"我刚才也说了,捐款和投资其实是一码事。"

"嗯,您确实是这么说的。"

"既然是一码事,那我当然不能就此作罢了。"

"当然,我明白。"

"我决定调查一下组织代表的资产。去法务局查看了她名下的不动产以后,我发现她拥有的是从父母那里继承来的房子和土地。于是我请几位房地产经纪人根据她登记的信息评估了价值,发现那些东西还挺值钱。"

"土地值钱也没用,仅仅是持有并不能带来收入。"

"她名下有两栋房子,其中一栋租出去了。租金金额也查到了。只要不乱花钱,足够一个人过日子了。"

"那她自己也许是不需要工作的。"

"我本想再查查她的金融资产,比如存款和股票,但被机构拒绝了。"

"银行肯定不会告诉你别人的账户里有多少钱的。"老师挠了挠头。

"遇到这种情况时,侦探都是怎么做的?有办法调查吗?"

"倒也不是没有。"

"怎么查?"

"这是商业机密,不便透露。"

"您的办法不会是违法的吧?"

"这也不能透露。"

"如果是违法的,委托人算违法吗?"

"如果您明知违法,却还是要求我那样调查,那确实有可能被视作违法。"

"您的方法是违法的吗?"

"我都说了,这个不便透露。"

"如果委托人不知道调查方法违法呢?"

"那是侦探事务所自作主张,所以不算犯罪。"

"您的方法是违法的吗?"

"我都说了,这个不便透露……呃,如果您无意委托,那关于账户余额的讨论就到此为止好吗?"

"好,我大概明白您的弦外之音了。"

"但您应该不需要调查她的账户余额吧?她名下有资产,也有收入,所以她有一定数额的存款是理所当然的。如果组织的财务比较透明,那她把组织的钱挪为己用的可能性应该也很小。"

"我也这么想。于是我决定调查一下组织的其他职员。"

"了不起的行动力。"老师说道。

"您也该学学人家。"我存心挖苦。

"可惜我精力没人家那么好啊。"老师却是毫不介意的模样。

"职员总共有五位。他们的工资可以根据账簿里的数字大致推测出来。大概就是普通兼职的水准。"

"毕竟是建立在善款上的组织,开很高的工资怕是也不合适吧。"

"我调查了每位职员的住处,但没有发现他们生活奢靡的迹象。呢……这是那几个人的住处的地图和照片。"

他给每位职员住的独栋房与公寓都拍了若干张照片,似乎是想尽可能从不同的角度进行拍摄。

"您当然也评估过他们名下资产的价值吧?"

"对,虽然五个人里有三个是租房住的。"

"他们有没有挪用公款的迹象?"

"完全没有,都是干干净净的。"

"于是您的调查就结束了?"

"怎么可能,这样的结果怎么能让人满意呢!"

"嗬……您还不满意呀?"

"暗中调查能查出来的东西总归是比较有限的,所以我决定发动正面进攻,直接申请了正式审计。"

"是通过某家机构申请的?"

"不,就以我个人的名义。"

"您……呃……有特殊的证书执照什么的?"

"没有。需要那种东西吗?"

"哦,我就随口问问,您不必介意。请继续往下说。"

"对方起初显得很诧异,还找了很多借口,一会儿说那天给我看的账簿已经足够了,一会儿又说不接受个人审计。"

我心想,人家这个反应再正常不过了。但我当然没把这话说出口。

"所以您最终没能进行审计?"

"不,我毫不留情地告诉接待我的职员,我为你们的项目捐了钱,当然有发言权。你们要是有意见,大可去起诉我,但你们如果这么做了,就会给政府部门留下不好的印象,到时候你们的法人资格搞不好会被撤销。听到这话,那人急忙联系了代表。没过多久,他们就同意我审计了。"

他是怪物。一个真正的怪物。

"这也是理所当然的处理方式。"老师笑着点点头。

"我让他们把所有文件摆出来,我随便翻开一页,针对有疑问的地方提问。"

"您能看懂那些文件?"

安乐侦探

"能看懂一小部分,但总的来说就跟看天书一样。"

"这样能起到审计的效果吗?"

"哎呀,观察对方的神情举止就有数了。因为人撒谎的时候,视线总是游移不定的。"

"对方有在撒谎的迹象?"

"我没有找到他们在撒谎的确凿证据。"

"怎么说?"

"他们的视线并没有游移,而是一直锁定在我身上。"

"到目前为止,我似乎没有听出值得怀疑的地方。"

"是的,我没有发现任何可疑之处。"

"于是您的调查就结束了?"

伊达摇头道:"真正的调查才刚刚开始。"

"您还查了什么?"

"我想知道的真相。我并不想知道这个组织的运营是否正常合规。我真正想了解的是资金流向。我的钱是怎么花出去的?这才是我最关注的事情。"

他能把话说到这个份儿上,反而让人觉得神清气爽。

"也就是说,您还调查了组织的资金流向?"

"对。我询问职员有多少钱流向了哪些国家。"

"他们痛痛快快地告诉您了?"

"对。我还以为会遇到更多的阻力,他们这么痛快,我倒有些不知所措了。他们给了我一份列表,上面有各个发展中国家的办事处地址和当地代理人的姓名与联系方式。"

"还有当地代理人啊?"

"是的,他们告诉我,日方职员去援助对象国长期出差的情况也是有的,但组织没有足够的人手派驻各个国家,所以他们任命了当地代理人,委托他们在当地开展业务。"

"代理人也是志愿者吗?"

"据说有些是志愿者,但大部分是有偿的承包商。"

"也就是说,他们并不是志愿者,而是在为利益工作。"

"就是这么回事。"

"这也许会是不法行为的温床。"

"是吗?"

"因为他们是冲着钱去工作的,不是吗?"

"话是这么说,可建设医院的工匠是不会白做工的,医生也不可能不拿工资。其实组织募集善款就是为了支付医院的建设费用和医生的人力成本,如果支付给当地代理人的费用属于这类经费,那就不能称之为不法行为。"

"您好像挺偏袒他们的。"

"我并不偏袒他们,只是想知道自己的钱用在了哪里罢了。所以他们做得对的地方,我也会大大方方认可。"

"是我以小人之心度君子之腹了。"

莫非他也不是一无是处的怪物?我越来越不明白他的目的了。

"总之,不调查一下当地代理人,就不知道组织的业务运营是否合规。"

"可话虽如此,您总不能特地跑去外国调查吧。"

伊达默不作声。

老师目不转睛地盯着他:"您真跑去外国了?"

"那是当然。"伊达点头回答。

"可出国不是要花很多钱吗?"

"是啊,我也有点肉痛,但要想查明事实,这也是必要的成本。"

这和把钱扔进臭水沟有什么区别……不对,他好歹为日本和世界的经济做出了贡献,所以比扔进臭水沟好多了吧。

"我专找列表中汇款金额相对较大,又比较容易去的项目。从日本去非洲和南美洲国家太费事了,所以我把重点放在了东南亚和太平洋地区。最终,我挑中了帕西非卡公国。"

"呃……它在哪儿?"

"它是位于太平洋和澳亚地中海[1]之间的一座岛国。每次遇到大风大浪与海啸,国土都会被海水冲掉一些。据说在不远的未来,全国的土地都会消失。他们的首相当众宣布'我国将要沉没',引发了各界的热议。"

"听着有点像《日本沉没》。"

"眼看着整个国家都要没了,民众士气低落,经济停滞不前,无力逃往外国。医院的建设工程当然也受到了影响,情况非常危急。"

"哦……于是那个非营利组织就盯上了帕西非卡公国。"

"'盯上了'听起来带点贬义,但说白了就是这么回事。我决定亲自去帕西非卡公国调查一下。"

"突然去一个发展中国家进行调查真的可行吗?"

"其实还可以。那边原本是英国殖民地,英语是通用的,只是口音有点重。就是去一趟实在太麻烦了。"

"那边有机场吗?"

"没有,所以得去附近另一个岛国的机场。可日本到那个岛国也没有直飞的航班,需要转机两次,路上几乎要花一天时间,然后还要坐两天的船。"

---

[1] 东南亚与澳大利亚之间的海域。

安乐侦探

"一来一回就是一周啊。"

"是的。不过到了以后,我发现那是个相当不错的地方。海水清澈见底,空气也很清新,当地居民善良大方,有着典型的南洋人气质。"

"但它迟早会沉没的,不是吗?"

"是啊。"

"非营利组织在那边建医院,在某种程度上也是为了赎罪吧。"

"赎罪?这话从何说起?"

"如果那座小岛因全球变暖造成的海平面上升而沉没,那就是我们发达国家的错,不是吗?"

"全球变暖导致的海平面上升不过每年几毫米而已。小岛的地基是珊瑚礁,它下沉的主要原因是过度开发对珊瑚礁的破坏。再加上风浪、海啸和大潮,地面就逐渐分崩离析了。"

"哦,原来是这样。"

"不过我也是去了以后才了解到这些的。至于医院的位置,找个人用英语问一问'日本人建的医院在哪儿?'就知道了。毕竟他们全国的面积还不到三十平方公里,找什么样的建筑物都不费劲。"

"不到三十平方公里……那就是差不多五公里见方?"

"反正全国的任何一个地方都能走着去。那家医院叫'帕西非卡医院'。"

"没有冠组织或代表的名字啊?"

"冠了也没什么意义啊。我告诉前台自己是从日本来的,没过多久,院长就急急忙忙跑出来接待了。

"'太感谢你们了。要是没有这家医院,怕是已经有百余人不幸丧生了。医院为降低婴儿死亡率做出的贡献尤其大!'院长握着我的手说道。

"'医院聘用的医生都是本地人吗?'我问。

"'不,大概有一半是外国人。我们国家没有医科大学,所以本地医生也都是海归。'

"'也有很多日本医生吗?'

"'不是很多。刚开业的时候有一位,但前年回国了。'

"看来这座医院并没有被用作方便的收容站,为那些在日本找不到工作的医生提供落脚点。

"'按贵国的制度,医院建成之后是不是要向日本方面支付一定的回扣?'

"'回扣?什么回扣?'

"'相当于手续费。政府会不会付钱给某个人,作为建设医院的回礼?'

"'我们国家正因为很穷,才会无条件接受外国的援助,哪儿

来的余力给回扣啊。'

"'那就得不到任何回报吗？'

"'哎呀，真要算起来，那就只有刻在大门边石碑上的捐款人姓名了。不过这也不是我们医院的特例，你们那个非营利组织在世界各地建设的所有医院都是这么办的。'

"我去参观了那座石碑。巨大的石碑上刻满了名字。

"'也就是说，为了建设这家医院，有这么多人捐了款？'

"'不，这上面刻的是所有向组织捐款的人的名字。捐款的时候也不能指定这笔钱一定要用来建造某家特定的医院不是吗？'

"哦，这倒是。我觉得他说得很有道理。

"'我可以看一看这家医院的账目吗？还想看看建设初期的文件资料……'

"'当然可以。'院长一口答应。

"我对会计一窍不通，而且资料都是用英语写的，很难看懂。但我一边查字典一边看，连着往医院跑了好几天，这才大致摸清了情况。"

"您查了好几天啊？"

"好不容易去一趟，不查个仔细不就亏大了吗？待在酒店闲着也是闲着。"

"您就没到处逛逛？"

"毕竟那个国家很小，几个小时就能转上一圈，我第一天就把能逛的都逛完了。我把医院建设初期的文件和从日本带来的组织内部文件进行了核对，想看看有没有不一致的地方。"

"那您通过调查发现什么没有？"

"我的发现嘛，就是文件没有矛盾之处，也没找到有过不法行为的证据。"

"但您还不满意。"

"对。我是没找到存在不法行为的证据，却也没找到不存在不法行为的证据，所以在今后的调查中发现证据的可能性依然存在。"

"啊……我明白了，"老师说道，"我找到问题的原因所在了。"

这是一句彻头彻尾的谎话。老师怕是早就知道了。

当然，我也一样。

"我的方法有什么问题？我接下来该怎样调查，才能确定有没有不法行为？"

"您的问题在于，您试图完成恶魔的证明。"

"恶魔的证明？可我不信鬼神啊。"

"虽然这个词组中有'恶魔'二字，但它与神神怪怪无关。说白了就是，不找到'存在不法行为的证据'或'不存在不法行为的证据'，您就不会善罢甘休。"

安乐侦探

"这不是理所当然的吗?我总不能在这种模棱两可的状态下停止调查。"

"比方说,您所谓的'存在不法行为的证据'包括哪些情况?"

"账目收支对不上、虚构开支或是有吃空饷的职员什么的。"

"但您没找到这方面的证据,对吧?"

"对。"

"那么'不存在不法行为的证据'又包括哪些情况呢?"

"这就是问题所在。比方说,我可以让所有相关人员签署保证书,保证他们没有任何不法行为。可即便如此,我还是无法排除他们在撒谎的可能性。所以我想听听您的建议,您觉得我应该寻找什么作为'不存在不法行为的证据'?"

"您有没有意识到,自己涉足了一个不得了的问题?"

"不得了的问题?"

"打个比方吧,"老师说道,"假设某人忽然产生了一个疑问——'世上存不存在白色的乌鸦?'为了解决这个疑问,他该怎么做呢?"

"去找白色的乌鸦。只要能找到一只,他就可以说'白乌鸦确实存在'。"

"没错。可他要是找不到白乌鸦呢?"

"那就没有白乌鸦存在的证据了。但也没有证据表明白乌鸦不存在。"

"如果是您,您会怎么做?"

"只能继续寻找,直到找到白乌鸦为止。只要能找到那么一只,就能达成目的了。"

"对,这是证明'白乌鸦存在'的方法。"

"没错,显而易见。"

"那要是想证明'世上不存在白乌鸦'呢?"

"把所有乌鸦都检查一遍,确认它们都是黑色的不就行了?"

"您要如何检查所有乌鸦呢?"

"那只能脚踏实地,一只一只检查过来了。"

"您如何确定自己已经检查过所有乌鸦了呢?即便您抓住了所有您能找到的乌鸦,又怎么能确定自己确实抓住了所有的乌鸦呢?"

"确实不能确定,"伊达垂头丧气,"这就像一场无休止的苦行。"

"那我们换一个思路。假设我们面前有两个人。其中一个,就叫他A先生好了。假设A先生声称'世上有白乌鸦'。而另一位B先生则主张'世上的乌鸦都是黑色的'。A先生要怎么做才能赢得这场辩论呢?"

"就按我刚才说的,他只要找一只白乌鸦来,就能证明自己的观点。"

"没错。那么 B 先生要怎么做才能赢呢?"

伊达摇了摇头:"我实在想不出来。"

"很简单,他只需对 A 先生说:'如果世上真有白乌鸦,就把它拿来。只要你能做到,我就相信你。'"

"这不是耍赖吗?"

"没耍赖啊。正所谓'谁主张谁举证'。在法庭上,如果被告的罪行没有得到证实,他就会被当庭宣告无罪。这就是所谓的疑罪从无原则。即使一件事千真万确,只要我们无法在事实层面证明它,那它就是大家常说的'恶魔的证明'。证明所有的乌鸦都是黑色的,就是不折不扣的'恶魔的证明'。如果那个非营利组织没有任何不法行为,证明这一点就属于'恶魔的证明'的范畴。这是不可能证明的。"

"您到底想说什么?"

"既然找不到存在不法行为的证据,那就应该认为不法行为是不存在的,疑罪从无。"

"您是说,组织没有过不法行为?"

"虽然我们无法严密地证明这一点,但这么想才比较合理。"

伊达低下头,开始瑟瑟发抖。

"该死,怎么会是这样……"

"我理解您的感受。毕竟您的血汗钱被他们乱用了。"

第五集　生命之轻

"这显然是一起诈骗案!难道我说错了吗?"

老师点点头:"性质极其恶劣。"

伊达从包里掏出另一本小册子。

封面上印着一行字——"拯救全天下宠物的生命!"。

"这是一个募捐项目,旨在买回那些原本会被人道毁灭的宠物,把它们送到计划建设在富士山树海中的宠物天堂安度余生。"

*

"不好意思,"我举手说道,"我好像突然跟不上了……"

"你在旁边听了半天,都听到什么了?"老师不耐烦地说道。

"听伊达先生叙述了他的经历。"

"人家捐了一大笔钱。"

"对,这段我听到了。"

"我并不是后悔捐钱,"伊达说道,"但我不能接受这笔钱的用途。我的钱竟然被用来拯救陌生婴儿的生命,打死我都接受不了!"

"就是,就是。"老师连连赞同。

"我是为了拯救宠物才痛下决心捐款的啊……那都是我的血汗钱啊……"伊达终于还是哭了出来,"可那些钱没有被用来拯救宠物啊,简直太恶心了!!"

"也就是说,您捐钱的初衷是拯救宠物,可不知为何,这笔钱被用来在发展中国家建设医院了,所以您才如此愤慨?"我问道。

"这还用问吗?"老师说道。

"您确实没达到原先的目的,"我说道,"可是从结果看,您拯救了许多孩子的生命,这样不也很好吗?"

"啊?!哪里好了?"伊达情绪激动,作势要一把揪住我,"这就是不折不扣的诈骗!!"

"伊达先生,请您保持冷静,"老师说道,"请问您是什么时候注意到这个情况的?"

"一周前。我听说捐款是可以抵税的,可以从收入中扣除捐赠的金额,所以我去了一趟动物救助中心,想咨询一下这次的捐赠是否符合减税条件。谁知跑过去一看,捐款时放在办公室里的高档桌椅和电脑都不见了,只有一个男人坐在空荡荡的办公室里吃泡面。他的脚下散落着一堆文件,也许是垃圾。"

"那人看到您是什么反应?"

"他好像很慌的样子,手里的筷子都掉在了地上。

"我问他:'我上次来的时候,办公室里明明是有桌椅的啊,怎么都不见了?'

"'那……那是因为我们搬家了。'

第五集 生命之轻

"'搬家？我怎么没听说……'

"'是突然决定的，因为找到了租金更便宜的办公室。'

"'新地址在哪里？'

"'呃……记着地址的便笺这会儿不在我手上，回头我确认好了再通知您。'

"'您背不出地址吗？'

"'是啊，我也觉得很突然。'

"我越想越觉得不对劲。

"'我前些天来捐过钱，那笔钱有没有被妥善使用啊？'

"'那……那是当然，'他微笑着说，'都用在刀刃上了。'

"'能告诉我你们用在哪儿了吗？'

"'啊？'他略显狼狈，'呃……这……'他从脚下的文件里捡起一本小册子。'我……我们捐去这里了。'

"那就是我刚才拿给您看的'NPO法人发展中国家医院建设项目'的宣传册。

"'这是怎么回事?!'我瞪大眼睛，'怎么跟之前说好的完全不一样啊！'

"'跟之前说好的不一样？啊，您没听说呀？'

"'听说什么？'

"'是这样的，原定的捐赠对象拒绝了那笔钱，所以我们就捐

安乐侦探

给了别的组织。'

"'可我没打算捐给这里啊。能不能先给我开张收据?'

"'捐赠是匿名的,所以开不了收据。'

"'匿名是什么意思?'

"'匿名就是匿名,据说那个组织就是这么规定的。'

"我顿时觉得眼前一片漆黑。我不知道自己为宠物捐的钱怎么会落到这个地步。

"我肯定出神了好一会儿。回过神来才发现,那人已经不见了。

"没有任何文件能证明我捐过款。唯一的线索就是这本小册子。于是我便开始调查它背后的非营利组织。

"为发展中国家建设医院会不会只是一个幌子?也许那些钱其实被用在了拯救宠物生命的项目上……我决定在最后一缕希望上赌一把。

"可那缕希望好像也已经破灭了。

"我无法容忍自己的血汗钱被用来拯救某个地方的孩子的生命,而不是可怜的宠物们的生命。我咽不下这口气。我能告他们诈骗吗?"

"非营利组织把收到的善款捐给了另一项慈善事业,这算诈骗吗?"我问道。

"在这种情况下,我们的判断标准是'伊达先生有没有蒙受损失'。伊达先生捐钱本是为了拯救宠物的生命,可这笔钱被用于拯救人类孩童的生命了。关键在于这算不算'损失'。"老师说道。

"算。这给我的灵魂带来了难以忍受的痛苦。因为我没能挽救那些无辜动物的生命。"伊达带着痛苦的表情说道。

"但我觉得警察可能不会采取行动。"我发表了感想。

"不,警方是可以调动的。"老师说道。

"真的吗?动物救助中心明明是本着善意捐款的啊?"我问道。

"警方会采取行动,因为动物救助中心并没有本着善意捐款。"

"难道他们是抱着恶意捐款的?"

"不,他们根本就没捐。"

"您是说,他们撒谎了?"

"没错。"

"可您怎么知道?"

"因为我认真听取了伊达先生的叙述,找到了动物救助中心没有向非营利组织进行任何捐赠的证据。"

"到底是怎么回事?"伊达向前靠了靠。

"您在中心见到的那个男人说'捐赠是匿名的,所以开不了收据',对吧?"

"对。"

安乐侦探

"这意味着'NPO 法人发展中国家医院建设项目'接受了动物救助中心的匿名捐赠。这个逻辑没问题吧?"

"没问题。"

"而您亲自去帕西非卡公国的医院调查过。"

"对。"

"医院门口立着石碑。石碑上刻着什么?"

"向非营利组织捐款的人的名字。"

"准确地说是'所有向组织捐款的人的名字',您刚才是这么说的。我没记错吧?"

"没记错,我确实是这么说的。"

"石碑上刻着所有捐款人的名字。换句话说,他们并不接受匿名捐赠。"

"啊?"

"麻烦您再看看那本小册子,上面有没有提到类似的规定?"

伊达急忙翻看起来。

"找到了!白纸黑字写着'不接受匿名捐赠'。"

"那似乎是一个会计制度公开严明的组织,所以他们想尽可能堵住不法行为渗透的口子。换句话说,动物救助中心并没有向非营利组织捐款。大概这件事打从一开始就是一场简单的骗局。谁知就在他们准备退租走人的时候,您找上了门,所以他们迫不得

第五集 生命之轻

已,把这本小册子用作了借口。"

"可他们为什么会有这本小册子呢?"

"可能是想参考其他组织筹集善款的方法吧。这下我们就把事情弄清楚了,本案是一起单纯的捐款诈骗。如果是这样的话,警方肯定愿意启动调查。"老师胸有成竹。

"原来真相是这样的,"我说道,"不过我有点失望。"

"你为什么会失望呢?"

"一群好心的骗子把通过捐款诈骗得来的钱捐出去建设医院,听起来不是还挺浪漫的嘛。"

"那走正常程序募集善款不就行了,何必绕这么大个圈子犯罪?"

"话是这么说啦,"我望向伊达,"伊达先生,您肯定气坏了吧?眼泪还没止住……"

"你胡说什么呢?人家那是喜极而泣。仔细听听他在说什么吧。"

我竖起耳朵。

"太好了!我的钱并没有被用来拯救某个陌生孩子的性命!!"

第六集

莫里亚蒂

第六集　莫里亚蒂

"要不要喝杯咖啡，休息一会儿？"我问老师。

"休息一会儿……不错啊，就这么办吧。"

我与老师挪到桌旁。

"你来这儿也有一阵子了。"

"嗯，已经半年多了。"

"连载还顺利吗？"

"挺顺利的，听说连载启动以后杂志销量暴增，小众杂志能火成这样实属罕见。"

"纪实类连载果然受欢迎啊。不瞒你说，你开始连载以后啊，我这边的委托量也是直线上升呢。"

"真的吗？"

"你的文章能勾起读者的兴趣肯定也是一方面的原因。大家看

安乐侦探

了连载便误以为我是个名侦探,都跑来找我了。"

"这怎么是误会呢?您确实是名侦探啊。您都成功解决那么多案子了。"

"不过他们为什么会派你来呢?"

"我也不知道。主编某天突然把我叫去,让我去本地侦探事务所采访一下侦探的工作,写个纪实连载。当时我都不知道该怎么办才好。毕竟我还是个初出茅庐的撰稿人,跟外行半斤八两。"

"你刚来的时候,客户误以为你是我的助手,所以我才想到了顺水推舟,让你假扮助手的主意。"

"从助手的角度描写侦探如何大显身手倒是个新鲜的思路。"

"哪里新鲜了,这不就是福尔摩斯和华生的模式嘛。虽然从严格意义上讲,华生不是助手,而是福尔摩斯的朋友,但他几乎是以助手的立场参与办案的,说他是福尔摩斯的助手也不为过。想必你也会作为现代日本的华生被载入纪实类作品的历史。"

"现代日本的华生……这也太夸张了,"我羞得两颊泛红,"不过要是真能拥有这样的地位,那我还是很荣幸的。"

"只不过你要是华生,我就成福尔摩斯了。"

"说起福尔摩斯,您知道莫里亚蒂吗?"

"知道,不过也就知道个名字。他是福尔摩斯的宿敌吧?"

"您没看过福尔摩斯系列吗?"

"不，我当然看过，但没看全。就看过一些短篇，比如《红发会》《斑点带子案》什么的。"

"那您大概对莫里亚蒂了解得不多。他是一个非常神秘的人物。"

"怪盗不是都很神秘的吗？"

"莫里亚蒂可不是怪盗。他是犯罪集团的核心人物。"

"是吗？不是莫里亚蒂一次次地发盗窃预告，而福尔摩斯一次次地挫败他的阴谋吗？"

"您好像搞混了。您说的大概是罗宾对加尼玛尔、怪人二十面相对明智小五郎之类的故事。"

"咦？这么说起来，福尔摩斯的宿敌不是罗宾吗？"

"在罗宾系列中登场的英国侦探叫艾洛克·夏尔梅斯（Herlock Sholmès）。这个名字是夏洛克·福尔摩斯（Sherlock Holmes）的变形词，日本出版社怕读者看不出来，所以习惯直接翻译成夏洛克·福尔摩斯。"

"哦……反正莫里亚蒂不是怪盗，而是犯罪集团的首脑是吧。"

"欧洲发生的重案有一半是他的'手笔'，所以人们称他为'犯罪界的拿破仑'。而且他的设计非常巧妙，哪怕动手的人失败了，警方也查不到他头上。"

"原来如此，他就是这样跟福尔摩斯展开了一次次激烈对抗？"

"那倒不是。纵观整个系列，莫里亚蒂只跟福尔摩斯碰上了

安乐侦探

两次。"

"才两次?"

"没错。而且其中的一次并不是正面交锋,福尔摩斯对付的是莫里亚蒂的手下。"

"这样一个人怎么会是福尔摩斯的宿敌呢?"

"因为他杀了福尔摩斯。"

"啊?所以他是在最后一篇登场的?"

"不,搞了半天,福尔摩斯其实没死。"

"倒是老套。作品本来已经完结了,但人气还是很高,于是出版商逼着作者让死去的角色复活……大概就是这么回事吧?"

"总之,莫里亚蒂就是这么厉害,让福尔摩斯几乎死了一回。"

"百年一见的名侦探对犯罪界的拿破仑,这肯定是一场头脑的巅峰对决。"

"不,他们来了场格斗大战。"

"格斗?这也太诡异了。福尔摩斯系列收官之作的高潮竟然不是推理,而是格斗……"

"没错,这非常诡异。更诡异的是,莫里亚蒂本人并没有在作品中正式亮相过。"

"啊?什么意思?"

"福尔摩斯的故事是由华生讲述的,但莫里亚蒂并没有出现在华生的旁白中，而是出现在福尔摩斯对华生说的话里。也就是说，他是一个只在福尔摩斯的台词中登场的人物。"

"这可真是奇了怪了。作者为什么要这么设计啊？"

"有人认为，这是因为莫里亚蒂是作者为了结束福尔摩斯系列而匆忙创造的角色，但我有不同的解释。"

"哦？怎么说？"

"也许根本就不存在莫里亚蒂这个人。他不单单是一个虚构的角色，哪怕在福尔摩斯系列的故事里，也不存在这样一个人。"

"什么意思？"

"据我猜测，这可能是作者向读者发起的挑战。读者会下意识地认定'华生和福尔摩斯都不会对读者撒谎'，于是作者就反过来利用了这一点，设置了这样一个诡计。看得懂的读者懂就行了，所以作者也没有公开谜底。从这个角度看，莫里亚蒂登场的短篇作品《最后一案》的特殊性就非常明显了。福尔摩斯系列的故事大多是先抛出一个谜团，然后由福尔摩斯破解。然而《最后一案》中并没有需要破解的谜团，只是讲述了莫里亚蒂追击福尔摩斯，而华生发现的痕迹表明他们双双坠入了瀑布。作品看似没有设置谜团，但这其实是作者设下的机关，如果把作品本身看成一个诡计，那就说得通了。"

"你所谓的诡计是什么？"

安乐侦探

"很简单。福尔摩斯为什么要编造一个根本不存在的人物'莫里亚蒂',还要制造出两人同归于尽的假象?答案再简单不过了。因为福尔摩斯本人就是莫里亚蒂。这种双面生活让他不堪重负,于是他便决定让这两个人都消失。"

老师眉头一抽:"这个思路倒是新颖。可'侦探等于犯罪之王'不是自相矛盾吗?"

"一点也不矛盾,反而能让一切得到合情合理的解释。为什么福尔摩斯能够解决一起又一起棘手的案件?因为他就是那个在幕后操纵一切的人。"

"解决自己策划的罪案能有什么好处啊?"

"首先,他能收获'名侦探'的美誉。而且美誉能招来更多的委托。华生就相当于他的专属公关。"

"可这么做不是会减少犯罪带来的收益吗?"

"欧洲发生的重案有一半是莫里亚蒂的'手笔',所以即便在英国发生的一些罪案被破获,他也不会蒙受太大的损失。"

老师沉思片刻。"嗯,这个解释确实有趣。"他幽幽道,"但这终究是一个虚构的故事,随便你怎么解释都行。毕竟作者都去世了,也没法找人家核实。琢磨这种事情,恐怕称不上对大脑的有效利用吧?"

"就当这是一种消遣不是很好吗?"

"嗯，对享受这个过程的人来说，它也许是一种消遣吧。"

"而且它也不仅仅是消遣，这种训练对解决发生在现实生活中的案件也是很有助益的。"

"现实生活中的案件？比如？"

"您还记得那起私生粉擅闯偶像明星富士唯香家的案子吗？"

"嗯，你把它写成了一篇题为《私生粉》的报道。"

"搞了半天，罪魁祸首原来是她的前任经纪人。但那个经纪人失踪了，至今下落不明。"

"他是个狡猾的罪犯，不过案情本身还是很简单的。"

"富士唯香在医院看的那个咨询师恰好是您的熟人，对吗？"

"对啊。"

"我查阅了客户档案，发现在我来到这家事务所之前，您的委托人有一半是那位咨询师介绍来的。"

"你翻过客户档案？"

"嗯。"

"这恐怕不太合适吧？"老师板着脸说道。

"我是在完成助手的工作时发现的。"

"可你并不是真正的助手。"

"但当初是您让我假扮助手的。"

"我是让你在委托人面前演一下。以后不用再演了。"

"好的,我不会再翻阅客户档案了。"

"只要你保证不再犯的话,我就既往不咎了。"

"档案显示,除了那位咨询师,您还有好几位特定的介绍人。"

"嗯,我以前就是用这种方式获取客户的。"

"自从我在本地小众杂志上介绍了您,跳过介绍人直接找上门来的委托人越来越多了。"

"呃……你是想说委托人变多是你的功劳?我在这方面确实很感激你。但你也通过报道我大显身手的故事提升了知名度,不是吗?"

"是的。我认为我们建立起了相互成就的关系。"

"你这么说我就放心了。"

"关于这起案件,我还注意到了一件事。"

"你还看了别的档案?"老师脸色一变。

"不,是通过唯香和您的对话发现的。"

"这件事我也发现了?"

"我觉得您应该没有。"

"你是说只有你发现了?那可真是不得了。不过这件事和案件有关吗?"

"有。我认为它关乎案件的真相。"

"你的意思是,这件事与案件的真相密切相关,我却没注意到？"

"是的。"

"难以置信。你到底发现了什么？"

"唯香意识到私生粉闯进了她家，觉得家里的镜子照起来怪怪的。"

"是啊。"

"她说她对着镜子拍了一张照片，通过照片发现那是一块单向透视玻璃，有个男人藏在镜子后面。"

"没错，我当然也注意到了这一点。"

"我说的不是这个。您当时是这么问她的——'您有没有仔细检查过照出罪犯模样的浴室镜子？'"

"是吗？"

"是的，您就是这么问的。"

"那又怎样？"

"您怎么知道罪犯出现在了浴室镜子的照片里？"

"是她说的。"

"不，她说的是'另一个地方的大镜子'，并没有明说那是'浴室镜子'。"

"那就是你听漏了。"

"我没有听漏。"

"如果真是那样,那就是我推测出来的,大镜子肯定是装在浴室里的嘛。"

"您是不是一开始就知道了?"

"知道什么?"

"知道浴室镜子是单向透视玻璃,而罪犯就藏在镜子后面。"

老师默默盯着我的脸。

"有意思……"他咕哝道,"可我并不知情,是你误会了。"

片刻的沉默。

"嗯,也许是我误会了,"我说道,"那您还记得中村瞳子的案子吧?"

"记得,就是那起被你命名为'消除法'的案子吧。"

"她坚信自己有超能力。"

"没错。"

"但我们起初并不知情。"

"这也难怪啊。在没有成见的前提下,我们没有理由认定一个初次见面的陌生人有超能力,或是陷入了自己有超能力的错觉。"

"但她对自己的超能力颇有信心。她确信只要自己发动了超能力,旁人就一定能看出来。"

"她无法区分幻想与现实,因为在她的主观世界中,那些人确实消失了。这也不是什么不可思议的事情。"

"但那种现象其实只发生在她的主观世界中,不是吗?因此除了她之外,任何人都是无法观察到的。"

"那是自然。如果别人能观察到,那就说明她的思想对别人的思想产生了影响,而这本身就是一种超能力。通常情况下,侦探不承认超能力的存在,除非有确凿的证据摆在眼前。因为我们要是承认了,所有推理的前提就都站不住脚了。"

"那您为什么能观察到呢?"

"你这话是什么意思?"

"瞳子刚来事务所的时候曾试图将我消除,以展示自己的超能力。"

"嗯,我有印象。"

"她认定我已经被成功消除了,然后把我的照片拿给您看。"

"嗯,没错。"

"看到我的照片时,您说您不认识我。"

老师笑道:"我还当你要说什么呢……我当然不是真的忘了你啊。"

"嗯,我也不认为您是真的忘了我。但我百思不得其解的是,您为什么要对她说您不认识我呢。"

"答案很简单,我是在哄她啊。"

"哄她?"

"她认定自己有超能力。我要是一上来就否定她的能力,她也许会无法接受我们的意见,转身就走。所以我先认可了她的妄想,然后慢慢尝试说服她。"

"我纳闷的地方不是您假装不认识我的目的。"

"那是什么?"

"是您为何知道她妄想的内容。"

"是她自己说的啊。"

"她当时还没有提到妄想的内容。"

"等等,让我回忆回忆……对了,我记得她当时对着你说了一句'你给我滚蛋',对吧?"

"对。"

"只要听到这句话,就能想象出她妄想的内容了。"

"您早就察觉到她陷入了妄想?"

"嗯,是啊,我毕竟是干这行的,能下意识地察觉出来。"

"可您刚才不是说,'在没有成见的前提下,我们没有理由认定一个初次见面的陌生人有超能力,或是陷入了自己有超能力的错觉'吗?"

"这……"老师支支吾吾起来,"你也许是想驳倒我吧,但你的所作所为不过是吹毛求疵罢了。我刚才就是随口那么一说。侦探有着独特的直觉,你应该也很清楚这一点,不是吗?"

第六集 莫里亚蒂

"在观察您的过程中，我常有这样的感觉。"

"瞧瞧，你不是也感觉到了嘛。"

"但我开始怀疑那并不是直觉了。"

"不是直觉还能是什么？你说这话有什么依据吗？"

"比如……嗯，就比如户山弹美的案子吧。我给那篇报道起的标题是《减肥》。"

"那起案件着实可怕，"老师皱起眉头，"她认定自己什么都没吃，身体却越来越胖了。那也算一种妄想吧。"

"没错。当时您也知道一件我没察觉到的事。"

"呃，她很胖不是一目了然的吗？"

"我说的不是她的身材。"

"那是妄想的内容吗？她都胖成那样了，还口口声声说自己什么都没吃，是个人都能看出她陷入了什么样的妄想吧？"

"我说的也不是妄想的内容。"

"那是什么？"

"案件的原委。罪犯租了弹美住处正下方的房间。"

"对，罪犯利用快递公司的转寄服务把本该送到弹美家的包裹转寄到了自己租住的房间。我琢磨了一下怎样才能截获别人家的包裹，通过推理发现了其中的玄机。你没有注意到只是因为缺乏经验，并不是我异于常人。"

"我说的不是这个。您能推测出罪犯动的手脚也没什么好奇怪的。"

"那哪里奇怪了?"

"您知道弹美家的房号。您当时斩钉截铁地说:'罪犯租了502室,然后以您的名义提交了虚假的转寄申请,谎称您从602室搬到了502室。'"

"她说了自家的地址吧?"

"没说。"

"那……那就是她在委托申请表上写了地址。"

"她进事务所的时候是一副半死不活的样子,根本没有余力写申请表。"

"我一时半刻想不起来了,都是些琐碎的小事。"

"看似琐碎,其实事关重大。"

"一个房号有那么重要吗?"

"如果您知道她的房号,那就说明您也知道她这个人。知道她这个人,就意味着您早就知道有这么一起案子了。"

"你这推论也太简单粗暴了吧?"

"换成更细致的解释,结论也是一样的。您不可能听不懂。"

"好吧,那给我点时间回忆回忆。"

老师闭上双眼。十秒后,他睁眼说道:"哎哟,这不是很简单嘛。"

"您想起来了？"

"你以为我早就知道弹美的房号？"

"不是'我以为'，是您亲口说的。"

"但她并没有承认她确实住那间。"

"嗯，这么说起来，好像是没有。"

"在解释比较复杂的事情时，加入一些具体的元素会比只用抽象概念更容易理解，这个你应该明白吧？"

"明白是明白……"

"当时浮现在我脑海中的诡计是这样的：替换掉包裹中的物品后，凶手肯定得重新打包，再把包裹送去弹美家。既然是这样，那他应该会选择一个只需稍加涂改就能变成弹美家地址的房号。假设房号是三位数，那么租一个只差一位数的房间就是最合理的选择。毕竟要是涂改好几个数字，就很容易暴露。下一个问题是改三个数字中的哪一个。改个位数就意味着罪犯租下的房间和弹美家不过数墙之隔，风险实在太大。一个不凑巧，罪犯搞不好会跟弹美撞个正着。改十位数本质上也一样。只要在同一层楼，哪怕中间隔着几十个房间，在走廊上相遇的概率也不低。因此，改百位数才是最合理的。百位数一般表示楼层，所以这意味着他们会住在不同的楼层。"

安乐侦探

"继续听您说下去,就能明白您为什么知道她的房号了?还是说,您只是在争取时间?"

"哎呀,你先耐心听我说完。在'涂改百位数'的前提下,能够轻易涂改的数字组合寥寥无几。例如,9和6乍看非常相似,但你很难通过小幅度的涂改把9变成6,反之亦然。也就把1涂改成4、把3涂改成8之类的情况比较好操作。而我想到了把5涂改成6的情况,作为数字组合的一个例子。事实上,个位数和十位数是几都无所谓。我只是随口用了2跟0罢了。"

"您的意思是,602是您随便编出来的数字?"

"完全正确。"

"那弹美为什么不纠正呢?"

"我也不知道。也许是因为它无关痛痒,所以弹美没放在心上吧。她大概也知道我是随便编了个数字。"

"她的房号并不难查。如果她家真是602室怎么办?"

"不怎么办啊。真是602室,那也只是我碰巧说中了吧。"

"碰巧?三位数的数字也能碰巧说中吗?"

"碰巧说中一个三位数的数字也不算什么奇迹吧。算上组号[1]

---

[1] 以"年末巨奖彩票"为例,彩票共有二百组,组号为"001"到"200"。每组都有十万个编号,从"100000"到"199999"。

的话，彩票的号码足有八位以上。不过嘛，我估计我是没说中弹美的房号。就算碰巧说中了，我也不会感到惊讶。"

没错。就算房号是一致的，老师脸上依旧会挂着淡定的微笑。仅仅是这样，还不足以把老师逼到走投无路。

"我可以再提一个问题吗？"我问道。

"确定只有一个问题？"

"您介意这个？"

"还不是因为你问个不停。"

"我会问到您承认为止。"

"那岂不是没完没了了。你到底想让我承认什么啊？"

"您还记得'食材'一案吗？"

"记得啊。那显然是一起绑架案。"

"大钟夫妇来事务所的时候惊慌失措，尤其是那位太太，几乎陷入了恐慌状态。"

"多亏了你的连载，我成了赫赫有名的侦探。在这座城市，人们遇到紧急情况时更倾向于找我，而不是向警方求助。"

"这可不是什么好倾向。"

"怎么不好了？"

"因为警方的调查是免费的，您却要收调查费不是吗？"

"警察也不是免费的啊，包括人力成本的各项经费都出自税费。换句话说，每个公民都是警方的客户。许多人对这一点存有误会，觉得找政府机关办事是不要钱的，殊不知政府早就强制征收了费用。正因为没有认识到这一点，公务员才不把老百姓看作客户，而老百姓则误以为政府是在免费帮自己做事，表现得处处卑微。如果大家都能正确认识到民众和政府之间的关系本质上无异于顾客和店员之间的关系，政府的各项工作开展起来都会顺利许多。"

"可无论报不报警，交的税都一样多啊。"

"假设这座城市的居民遇事都不找警察，而是委托我来解决，那就能砍掉警方的所有经费了。维持这家侦探事务所的经费和维持警察组织所需要的经费毫无可比性。到时候就能大幅减税了。"

我暗想，要是没有了警察，只剩下这家侦探事务所，那简直与噩梦无异。

"起初大钟先生好像并没有意识到女儿被绑架了。"我说道。

"他觉得女儿大概是遇到了某种麻烦。只是大钟太太不知怎的误以为女儿已经惨遭杀害了。"

"后来，警察突击检查餐厅，顺利救出了孩子。奈何绑匪四散奔逃，费了好大的功夫也只抓到了两三个不了解情况的小喽啰。"

"毕竟当时外头风雨大作，只能说那群绑匪比较走运吧。"

"他们真的只是运气好吗？"

第六集 莫里亚蒂

"你到底想说什么?"

"会不会是有人提前给他们通风报信了?"

"有可能。可即便是这样,也与我无关。"

"也是。但我想不通的并不是这件事。"

"那是什么?"

"当时有个大高个跟着大钟夫妇找到了这家事务所,对吧?"

"嗯,是专程来送勒索信的好心人。"

"大钟太太还以为他也是绑匪之一。"

"受其影响,大钟先生也把大高个当成了危险分子。"

"我觉得他们会误会也情有可原。毕竟看到一个人高马大的男人在暴风雨中紧追不舍,是个人都会害怕的。"

"这就是门外汉和专业侦探的差别。"老师的口吻洋溢着自信。

"您似乎早就知道他会送勒索信来。"

"你又来了。我当然不是提前知道的,而是推理出来的。"

"什么样的推理能让您知道他手里有勒索信?"

"如果绑架是为了赎金,那自然会有一封勒索信。可那对夫妇并没有收到勒索信。也就是说,他们很有可能错过了那封信。这个时候如果有一个人拿着一张纸追赶这对错过了勒索信的夫妇,那我自然可以推测出那人是来送信的。"

"这个解释听上去好像挺合乎情理的,但我还是觉得不太对。"

"怎么不对了？我觉得逻辑很通顺啊。"

"您的推理是，如果以'那是一起绑架勒索案'为前提，就能给出合理的解释。"

"没错啊，那确实是一起绑架勒索案。"

"可照理说，'那是一起绑架勒索案'只是推理的结果。把结果用作前提，岂不是颠倒了先后顺序？"

"通过假定某件有可能为真的事情来证明事实也并不稀奇，只要能以之为前提解释清楚一切而不产生矛盾即可。"

"哪怕前提是错的，在某些情况下也不会产生矛盾。"

"比如？"

"假设某个人——就叫他'A'好了。假设A说'B是个诚实的人'。"

"接下来轮到B出场了。"

"再假设B说'A是个诚实的人'。"

"哎哟，不设定成悖论啊。"

"对，这不是一个关于悖论的例子。那么，A真的是一个诚实的人吗？首先，让我们假设A是诚实的。诚实的A说B是诚实的，所以B也是诚实的。而诚实的B说A是诚实的，与最初的假设并不矛盾。"

"多么精彩的推理。"

"可只要做出相反的假设，就会发现问题了。换句话说，我们先假设 A 是个骗子。满口谎言的 A 说 B 是诚实的，这意味着 B 其实是个骗子。而骗子 B 说 A 是诚实的，这说明 A 是骗子，与最初假设一致。也就是说，无论 A 是诚实的人还是骗子，我们都可以把事情解释清楚，而不产生矛盾。更进一步讲，即便我们能在某个前提下解释清楚一切而不产生矛盾，也不一定意味着这个前提为真。"

"这只是一种文字游戏。在实际的案件中，会有物证和人证支持我们的推理。只要采访 A 和 B 以外的人，就能轻易验证他们是否诚实。在'食材'一案中，勒索信确实存在，它足以证明我的推理是正确的。"

"不是推理，而是推测。诚然，勒索信的存在证实了您的推测，但您得出这一推测的过程并不清晰。换句话说，您的推测与最初的假设在时间顺序层面是颠倒的。"

"时间顺序？"

"如果大钟夫妇一开始就带着勒索信来到事务所，那您当然可以有理有据地推测孩子被绑架了，绑匪的目的是赎金。以此为前提听他们的叙述，事情就都说得通了。可实际情况是，他们并没有带勒索信来。换句话说，您不得不在推理元素并不充分的状态下出发。迫不得已之下，您先呈现了案件的全貌，然后找出'勒

安乐侦探

索信'这一元素,将它嵌入其中,营造出推理大功告成的假象。逻辑上确实很通顺,但是结合时间因素考虑,您的推理分明是抢先预见了结论。这未免太不自然了。"

"瞧你这话说的,就好像我预先知道真相似的。"

"难道不是吗?"

"嗯,从某种角度看,说我预先知道似乎也没错。"

"啊?"

"但我所谓的'预先知道'不是你想的那个意思。你听说过一部叫《神探可伦坡》的电视剧吗?"

"听说过,而且非常喜欢。"

"那种形式叫'倒叙推理',也就是说,观众一开始就知道谁是凶手,他们享受的是警探揭开凶手真面目的过程。这部剧里有一条重要的定律,你知道吗?"

"什么定律?"

"可伦坡一早就知道谁是凶手了。而且他总是在没有任何线索或线索非常薄弱的状态下锁定凶手,然后缠着人家,想方设法让他露出马脚。这几乎称得上终极的预判式调查[1]。仔细想想,他的

---

[1] 先确定罪犯的侧写再进行搜查。与侧写相符的人从一开始就被认定为嫌疑人,而不符合侧写的人甚至可能被排除在调查范围之外,因此有可能造成冤假错案。

做法还是相当过分的。"

"可是不这样的话，电视剧就拍不下去了。"

"没错。而且不预判就进行不下去的也不仅仅是电视剧。侦探有一种在多年工作中培养出来的直觉，能在一瞬间判断出发生了什么样的犯罪行为，罪犯又是谁。所以事实上，我们几乎不会去推理，只会收集证据来证明我们凭直觉猜到的来龙去脉。但这样不能说服任何人，所以我们会在证据集齐的时候陈述一套像模像样的推理。确实如你所说，这么做会在时间顺序层面得出略显矛盾的结果，但这并不会影响我们揭开真相，所以这种方法并无不妥。"

"您是说，您是靠直觉猜出了谁是罪犯？"

"没错。不过你可千万别说出去，因为这是商业机密。"

"您是想说自己有超能力吗？"

"不。我肯定是在潜意识里进行了某种侧写。我脑海中有一座数据库，归纳了哪些情况下最有可能发生怎样的犯罪行为，而且这些数据还能被自动搜索。所以我得出的是统计学层面的推测，这还不足以证明罪行确实存在。"

"您有关于'哪些情况下最有可能发生怎样的犯罪行为'的列表吗？如果有的话，请给我看一看。"

"我都说了，列表只存在于我的脑海中，而且也没法写出来。

数据都在潜意识里，所以只有潜意识的搜索才管用。"

"好方便的能力啊。"

"是啊，是很方便。实际情况就是这样，我也没有办法。"

我叹了口气："您就打算这么搪塞下去啊。"

"该发愁的是我啊，我都弄不明白你到底想怎么样。"

"我只想知道真相。那我再问一个可伦坡理论也无法解释的问题吧。"

"我就知道你不会善罢甘休。"

"这个问题与'生命之轻'一案有关。"

"哦，我记得很清楚，毕竟是前不久的案子。"

"起初，伊达先生滔滔不绝地讲述他对某非营利组织的调查结果，那个组织的宗旨是在发展中国家建设医院。"

"他以实际行动告诉了我们什么叫非常不得要领的汇报。"

"他没有交代自己的捐款目的，一上来就汇报起了调查结果。我不认为他是刻意隐瞒，但是正因为他没有披露必要的信息，听者才会误以为他直接捐款给了那个非营利组织，并怀疑组织乱用了他的钱。"

"这话不对吧，这么误会的恐怕就你一个。"

"他从头到尾都没有提到冒牌的动物救助中心。他的怒气直指建设医院的非营利组织，以至所有话题都是围绕那个组织展开的。"

"也许是这样吧。"

"通过调查,他没有发现任何能证明非营利组织存在不法行为的证据。照理说,根据这个结果得出的判断应该是'不存在诈骗行为',您却断定那是一场性质恶劣的骗局。"

"但我是对的啊,因为诈骗行为确实存在。"

"伊达先生的叙述中有足以帮助您判断诈骗行为存在的材料吗?"

"没有直接的。"

"您是说有间接的?"

"大概有吧。"

"那叙述的哪个部分成了间接的推理材料?"

老师支起胳膊。

"你今天好像格外严厉嘛。"

"我没在跟您开玩笑。请您认真回答。"

"既然不是在开玩笑,那你的目的是逼得我走投无路吗?"

我点点头。

"我究竟为什么非得受这种罪不可?"

"因为我必须搞清楚这一点。"

"我之所以遭到责问,是为了明确我被责问的理由?这岂不是无解的死循环吗?"

"那就换一种说法。我之所以向您提问,是为了确认我有没有理由责问您。"

"你是在审问我吗?"

"从广义上讲,是的。"

"你没有权限这么做。"

"对,所以您要是不想回答,也可以不回答。不过那样一来,我就会认定您是有不想回答的理由。"

"你这么想对我有什么坏处?"

"有没有坏处我也不确定,反正我会照实发表我的疑问。"

"发表在小众杂志上的文章能有多大影响力?"

"那些文章至少有足够的影响力让这家侦探事务所的生意变得红火,不是吗?"

"你是在威胁我吗?"

"不。您完全可以不回答我的问题。"

"但你会把那些事都写出来。"

"这叫新闻自由。"

"好吧,"老师挠了挠头,"你的问题是什么来着?"

"伊达先生叙述的哪个部分成了间接的推理材料?"

"我无法明确告诉你哪一句话成了推理的材料。我刚才也说

第六集 莫里亚蒂

了，侦探有独特的直觉。"

"您刚才说，您会在脑海中的数据库进行搜索。既然要搜索，那肯定需要某种材料当关键词不是吗？他的叙述中有这样的材料吗？"

"还要什么材料啊，他都亲口说了'我好像遇上诈骗了'，不是吗？"

"您是凭委托人的感想断定的？明明他自己都不太有把握。"

"怎么说呢，我可以从委托人的风貌和言谈举止看出个大概。"

"绕来绕去，您还是在说自己有超能力。"

"你要实在想把我打造成有超能力的人，那也没关系。这下满意了吗？"

"您到底还是放弃了从逻辑层面做出解释啊。"

"我们不可能无休止地用逻辑解释一切。只要你不停地问'为什么'，就必然会追溯到无法用逻辑解释的那一层。"

"这话就不对了。我们确实无法无休止地进行逻辑层面的解释，可一旦触及人人都能信服的公理或法则，就没有必要再往前追溯了。'您能破案是因为您有超能力'这个理由是无论如何都无法令我信服的。"

"那我要怎么做才能让你信服呢？"

"要么证明您有超能力，要么给出更有说服力的解释。"

235

安乐侦探

"更有说服力的解释?还有比'超能力侦探'更有说服力的解释吗?"

"有一个非常简单的解释,但我不确定您会不会承认。"

"说来听听?"

*

"请您试想一下。我们面前有一位侦探,他总是在自己的办公室里破案。只需听取委托人的叙述,他便能做出推理,点破凶手与诡计。"

"这就是所谓的安乐椅侦探。"

"我并不认为'安乐椅侦探'这个概念本身是站不住脚的。只要委托人给出推理所需的全部信息,侦探就完全有可能找出真相。问题是,没人能保证委托人会给出全部的必要信息。事实上,'委托人给出的信息不够充分'恐怕才是常态。毕竟委托人不是专业侦探,而是门外汉。"

"优秀的侦探就不能从委托人口中获取必要的信息吗?"

"在某种程度上当然是可以的,但再厉害的侦探都无法问出委托人不知道的信息。而且也没人能保证委托人永远说实话。他们有可能误会,也有可能故意隐瞒对自己不利的事实,对侦探说谎。

换句话说,安乐椅侦探能否成功,取决于委托人的质量。"

"我觉得优秀的委托人并不少见……"

"确实,但委托人太优秀也不行。毕竟委托人必然手握推理所需的全部信息,所以照理说,如果他本人非常优秀的话,他完全可以靠自己手头的信息进行推理,找出真相。因此,安乐椅侦探的委托人必须拥有出色的观察力、记忆力与判断力,能够集齐所有必要的信息,但又不具备利用这些信息进行推理的逻辑思维能力,处于一种极其微妙的平衡状态。问题是,'什么才是必要的信息'必然是随着推理的深入逐渐明确的,因此要在完全不进行推理的前提下判断出'哪些信息必要'是极其困难的。所以普通的侦探会一边进行推理,一边亲赴现场,或者派助手去现场,以便补足缺失的信息,完成自己的推理。"

"你认为世上不可能有安乐椅侦探?"

"我没说'不可能有',但我们完全可以说,这样的巧合绝不可能在短时间内发生整整五次。如果委托人带来的信息不够充分,却又想装出安乐椅侦探的样子,那该怎么办呢?唯一的办法是自己动手补足信息。如果侦探从一开始就知道所有必要的信息,就可以装出当场推理出一切的样子。唯一的问题是,侦探无法解释他为什么会知道委托人从未提过的信息。"

"你的意思是,在这种情况下,侦探打从一开始就是知道真

安乐侦探

相的？"

我点头说道："侦探不是根据委托人的叙述搭建了推理，而是从一开始就知道真相，所以他完全有可能一不留神把委托人没有提过的事实纳入自己的推理。只要能把案子顺利解决，委托人就心满意足了。哪怕侦探知道一些他本不该知道的事情，只要不与委托人提供的信息相矛盾，委托人也不会介意。但要是有第三个人旁听委托人与侦探之间的对话，这个人就有可能察觉出异样，因为侦探竟然知道委托人没有提及的事实。"

"也就是说，你认为我在委托人讲述案情之前就已经知晓了一切。可这样不就绕回了我是超能力侦探的推论吗？"

我摇了摇头："不需要把超能力扯进来，也能解释清楚。"

"怎么解释？"

"自导自演。换句话说，只要案件的主谋扮演侦探的角色，一切就都迎刃而解了。"

"你有没有意识到自己若无其事地说出了一句不得了的话？你说我是罪犯？"

"是的，我意识到了。您是莫里亚蒂式的、不亲自动手的主谋。在您解决的所有案件中，不是罪犯逃之夭夭，就是只抓住了几个底层的小喽啰，犯罪组织的全貌至今成谜。换句话说，没有一起案件能查到主谋身上。而您了解委托人没有透露过的信息，对案情了如指掌。您是莫里亚蒂就是最合情合理的解释。"

"你有物证吗？"

"没有。这是我根据您和委托人之间的对话做出的推测。"

"哦，有意思。这么说来，你倒成了某种意义上的安乐椅侦探。而你刚刚才说过，世上几乎不可能存在安乐椅侦探。你难道没有意识到你在自相矛盾吗？"

"您是故意把不同维度的事情混为一谈，企图转移我的注意力吧。我并不是单靠听取叙述就破了案子，只是注意到了些许矛盾之处。如果那些矛盾并不是矛盾，假设您是主犯就是最简单的解释。我应用的正是奥卡姆剃刀原理。"

"那你打算怎么办？"

"我没有物证，也没有独自开展调查的能力。"

"你的自我分析倒是中肯。"

"我能做的就是把自己的发现公之于众，比如通过小众杂志上的连载……因为这样一来，有调查能力的人也许就会注意到了。"

"你最好不要这么做。"老师平静地说道。

"为什么？"

"因为这么做只会让你出丑。如果一切如你所愿，有能力的人开展了调查，我的清白就会立刻得到证实。到时候，你就等于是污蔑了我。我是一点都不想起诉你诽谤的，但你的写作生涯恐怕只能到此为止了。"

"是啊，如果您是无辜的，事态确实有可能发展成这样。"

"看来你是想通了。"

"可如果您不是无辜的呢？如果您就是这座城市的莫里亚蒂，我岂不是立了大功？"

"但我并不是这座城市的莫里亚蒂，所以你的假设是错误的。"

"您肯定知道自己是不是莫里亚蒂，但我不确定您这句话的真伪。把只有您知道的事情当成双方的共识可不行。"

"好吧。尽管我不太乐意，但还是陪你分析一下好了，包括'我是这座城市的莫里亚蒂'的可能性。即便如此，我的结论依然是'你不应该发表'。首先，如果我不是莫里亚蒂，你就会发表错误的报道，失去社会地位。这个推论没问题吧？"

"没问题。"

"需要重点探讨的是'我是这座城市的莫里亚蒂'的情况。在这种情况下，我会赞成你在小众杂志上公布真相吗？"

"当然不会，但我还是会发表的。"

"你冷静想想。如果我是莫里亚蒂，你觉得我会眼睁睁看着你发表这种东西吗？"

"您不打算让我发表？"

"如果我是这座城市的莫里亚蒂，我就有的是办法阻止你。"

我不由得心头一紧。

"我的意思是,如果我不是这座城市的莫里亚蒂,你就会因为发布错误的报道失去现在的地位;而如果我就是这座城市的莫里亚蒂,你将失去更重要的东西。当然,后一种情况是不可能出现的,所以你不必考虑。总之,发表出来对你有百害而无一利。我相信你一定能想明白。"

"嗯,我想得很明白,"我回答道,"发表出来对我没有任何好处。"

"没错,这是一个明智的选择。"老师满意地点了点头。

"但有些事情是必须要做的,即使它没有任何好处。"

"你不是说你已经想明白了吗?"

"是啊。"

"如果我是无辜的,你就会颜面扫地,断送自己的写作生涯。"

"但也只是颜面扫地、断送写作生涯而已吧?"

"如果我有罪,你也许会摊上大麻烦。"

我笑了:"您不是说后一种情况是不可能出现的,所以我不必考虑吗?"

"不可能出现后一种情况,我很清楚这一点。但你不知道,难免要考虑一下。我是在设身处地替你着想啊。"

"即便是后一种情况,也不会发生什么特别可怕的事情,所以不要紧。"

"你凭什么如此肯定?"

"因为这座城市的莫里亚蒂是愉悦犯。他只是很享受人们恐慌害怕的模样罢了。当然,他也策划过牵扯到金钱的犯罪,但牵涉金额很小,有的甚至被扼杀在了摇篮里。换句话说,他不是一个穷凶极恶的罪犯。我相信他不会杀了我,也不会把我逼到身败名裂的地步。"

"可你应该没有确凿的证据。驱使你不顾一切地告发我的回报究竟是什么?"

"好奇心。"

"什么?"

"因为若想确认我的推理是否正确,最简单的方法就是将它公之于众。只要能让本地的众多相关人士注意到,他们就会自发地进行各种验证。"

"如果我阻止你公布呢?"

"那也没关系,因为那样足以证明我的推理是正确的。"

发表不一定要通过小众杂志。文章已经准备好了。我只要在这一刻按下回车键,一切就都结束了。

当然,我也许会相应地失去一些东西。

"老师,您是这座城市的莫里亚蒂吗?"

"我要是承认,你就不公布了?"

"是的。因为那样一来,我就达到了目的。但您要是不承认,我就会想尽一切办法公布。"

老师思索片刻后说道:"那你就试试吧。说不定会很有意思呢。"

《ANRAKU TANTEI》
©Taizo Kobayashi 2016
All rights reserved.
Original Japanese edition published by Kobunsha Co., Ltd.
Publishing rights for Simplified Chinese character arranged with Kobunsha Co., Ltd. through
KODANSHA BEIJING CULTURE LTD. Beijing, China

©中南博集天卷文化传媒有限公司。本书版权受法律保护。未经权利人许可，任何人不得以任何方式使用本书包括正文、插图、封面、版式等任何部分内容，违者将受到法律制裁。

著作权合同登记号：图字 18-2021-236

图书在版编目（CIP）数据

安乐侦探 /（日）小林泰三著；曹逸冰译. -- 长沙：湖南文艺出版社，2022.7
ISBN 978-7-5726-0736-3

Ⅰ. ①安… Ⅱ. ①小… ②曹… Ⅲ. ①推理小说—小说集—日本—现代 Ⅳ. ① I313.45

中国版本图书馆 CIP 数据核字（2022）第 107078 号

上架建议：日本文学·推理小说

ANLE ZHENTAN
安乐侦探

著　　者	［日］小林泰三
译　　者	曹逸冰
出 版 人	曾赛丰
责任编辑	吕苗莉
监　　制	毛闽峰
策划编辑	陈 鹏
特约编辑	朱东冬
版权支持	金 哲
营销编辑	刘 珣　焦亚楠
封面设计	山川制本 workshop
版式设计	梁秋晨
出	版：湖南文艺出版社
	（长沙市雨花区东二环一段 508 号　邮编：410014）
网　　址	www.hnwy.net
印　　刷	天津丰富彩艺印刷有限公司
经　　销	新华书店
开　　本	855mm×1180mm　1/32
字　　数	158 千字
印　　张	7.75
版　　次	2022 年 7 月第 1 版
印　　次	2022 年 7 月第 1 次印刷
书　　号	ISBN 978-7-5726-0736-3
定　　价	52.80 元

若有质量问题，请致电质量监督电话：010-59096394
团购电话：010-59320018